鲁东大学团队建设项目（项目号：10000322）

知库

文学与艺术

———

东北抗联文学研究

车红梅　著

新 华 出 版 社

图书在版编目（CIP）数据

东北抗联文学研究 / 车红梅著 . —北京：新华出版社，2022. 8

ISBN 978-7-5166-6630-2

Ⅰ. ①东… Ⅱ. ①车… Ⅲ. ①地方文学史—现代文学—文学史研究—东北地区 Ⅳ. ①I209. 93

中国版本图书馆 CIP 数据核字（2022）第 240165 号

东北抗联文学研究

作　　者：车红梅

责任编辑：张　谦　　　　　　　　封面设计：中联华文

出版发行：新华出版社

地　　址：北京石景山区京原路 8 号　　邮　　编：100040

网　　址：http：//www. xinhuapub. com

经　　销：新华书店

购书热线：010-63077122　　　　中国新闻书店购书热线：010-63072012

照　　排：中联学林

印　　刷：三河市华东印刷有限公司

成品尺寸：170mm×240mm

印　　张：9. 5　　　　　　　　　字　　数：150 千字

版　　次：2024 年 1 月第一版　　　印　　次：2024 年 1 月第一次印刷

书　　号：ISBN 978-7-5166-6630-2

定　　价：85. 00 元

图书如有印装问题，请与印刷厂联系调换：010-89587322

为了不能忘却的纪念

　　九一八事变之后，日本帝国主义对东北进行了长达十四年的残酷殖民统治。与此同时，在中国共产党的领导下，白山黑水之间东北爱国军民奋起反抗日寇的侵略。东北抗日联军是在中国共产党领导下创建的抗日队伍，是中国最早抗日、坚持最久、斗争条件最为艰苦的武装部队。东北抗日联军在"火烤胸前暖，风吹背后寒"的极端恶劣的条件下与日伪军进行了顽强的斗争，"暴雨狂风，荒原水畔战马鸣"有力地消灭了日寇的武装。一组日军官方认定的数据最能说明问题：九一八事变到 1935 年末，关东军在东北战死 4200人，伤病 17.13 万人；1936 年至 1937 年 9 月关东军死伤 2662 人；6 年间，日本关东军死伤病者共计 17.82 万人。后来被毙伤的数量亦相当可观，其中包括1938 年 9 月 28 日被击毙的日野武雄少将，东北抗联在抗日战场最后拖住了日军 70 余万人（以上参见王晓辉著《中国革命战争纪实·抗日战争·东北抗日联军卷》，人民出版社 2007 年版，第 756 — 757 页；郭汝瑰、黄玉章主编《中国抗日战争正面战场作战记》，上卷，江苏人民出版社 2002 年版，第 22 页）。可见，东北抗日联军斗争消灭了大批日伪军，给日本侵略者以沉重的打击，振奋了民族精神，同时，消耗了敌人的大部分兵力，拖住了日寇全面侵华的进程。也为中国人民抗日战争和世界人民反法西斯战争的胜利做出了重要贡献。不容忽视的事实是：东北抗日联军最高兵力也不过 3 万左右，还包括投敌叛变的汉奸。

　　与这段气壮山河的历史相比，我们遗憾地发现，学术界对东北抗联斗争的历史研究不尽如人意，许多历史事实还有待进一步考证，有些方面的研究还处于"缺失"状态。另外，东北抗日联军成为东北抗日的主力军，对其文学书写已经形成一定的规模，从享誉文坛的"东北作家群"，到金剑啸、马加、关沫南、梁山丁，再到驰骋在冰天雪地、密林深处抗联将领杨靖宇、李兆麟、赵尚志、赵一曼、周保中、陈雷等人创作的短小精悍、便于传唱、鼓舞士气的诗歌等。抗战胜利后，一批经历过血雨考验仍健在的抗联先辈投入到挖掘展现抗联历史真实的传记文学书写中。21世纪以来，包括著名作家迟子建、朱秀海、石钟山，年轻作家薛涛、肖显志等也加入东北抗联文学创作中。据本课题组统计，目前涉及东北抗联文学作品共有400余部，其中小说77部（其中长篇小说48部，中篇小说4部，短篇小说25部），纪实文学95部（其中包括传记70篇），诗歌合集25部，约5000首，散文14篇，戏剧180部，作品集26部。无论是虚构还是非虚构文学都生动地展现东北抗联在党的领导下，在东北人民的支持下，与日伪军进行的艰苦鏖战，为抗战文学留下了真实的映象。仅就东北抗联这段历史而言，这里蕴藏着丰富的文学资源，我们相信一代代作家创作中还会有书写东北抗联历史的优秀文学作品问世。但目前学术界还没有形成系统的研究东北抗联文学的成果。

　　抗联将士驱除日寇，白山黑水浩气永存。为了不能忘却那段感天动地的悲壮历史，也为了告慰那些誓死捍卫民族尊严的先烈，希望《东北抗联文学研究》这本书能够在现有文本基础上客观地把握东北抗联文学发展的轨迹，理性审视东北抗联文学创作现象，感受作家在文学创作背后蕴含的人文情怀，在跨越时空的对话中呈现抗联文学的研究价值。在一定程度上弥补东北抗联相关领域研究不足的缺憾，同时以文学研究的视角拓展东北抗联斗争历史的相关学术研究。

目 录
CONTENTS

中编 个案点击

下编　经典解读

上编

综述

第一章

形象化的历史：东北抗联文学综述

东北抗联文学是对东北抗日联军历史的形象化记录。东北抗联文学分为抗战胜利前、抗战胜利后到20世纪末、21世纪以来三个阶段。抗联文学体裁多样，小说、诗歌、传记、戏剧，以及电影和电视剧等体裁，在抗战胜利前后各有侧重的书写，使得抗联文学更加丰富多彩。抗日战争胜利之前，抗联文学中的小说、诗歌、戏剧作品的创作极其丰富；抗战胜利后，传记作品，戏剧作品，以及影视作品的创作日渐繁盛起来。21世纪以来，抗联影视剧和纪实文学大量出现。

1931年九一八事变后，长达十四年的抗日战争在东北打响，先后形成东北义勇军、东北抗日联军两支抗日武装。在艰苦岁月里同敌人进行英勇的战斗。一批反映抗联战士在冰天雪地和崇山峻岭间进行艰苦卓绝斗争的东北抗联文学作品产生了。东北抗联文学作品数量较多，最初题材主要有诗歌、小说、戏剧，后来发展到纪实文学作品，包括口述史、传记、回忆录等。本书以1945年抗日战争时期、抗战胜利后到20世纪末、21世纪以来三个阶段，对抗联文学作品进行综述。

第一节 抗战时期的东北抗联文学

因为东北抗联时期艰苦的环境，其他文学体裁很难在短时期发表，而诗歌以它这种短小精悍利于书写、口口传诵、方便记忆的优势，成为人们广泛流传的一种样式。

一、诗歌创作

从1933年开始，东北作家组成社团发表作品，其中白光社是当时的名社团之一，此社的杂志就叫《白光》，作品以诗和散文为主。[①] 面对遭日寇践踏、人民流离失所的社会，当时诗歌的创作是较为丰富的。主要分为以下几种：

（一）家国破碎的痛心歌哭和抗战到底的坚强决心

这一时期的抗联诗歌，包括旧体诗和现代诗两类，创作时间多集中在1931年九一八事变发生后。爱国诗人姚伯麟于1931年9月20日创作了旧体诗《辽警有感》，此诗是九一八事变之后较早的呼吁抗日的诗歌。这首诗表达了亡国灭种的危机意识以及对当局不抵抗的讽刺。1931年9月23日，诗人、革命家李贯慈写了感人肺腑的七律《哭辽东》。诗歌表达的是诗人听闻外敌入侵、政府不抵抗以致辽宁失陷之后的痛心歌哭。刘永济的《满江红·东北大学抗日义勇军军歌》也创作于1931年9月，正如题目和序中所写，这是一支由民众自发组成的东北抗日义勇军所作的军歌，此词与岳飞的《满江红》共用一个词牌名，以表对外敌侵华之愤慨、鼓舞兵民抗敌的决心，豪气冲天，武穆遗风贯穿始终。但这首词创作之具体日期不可考，是否早于《辽警有感》不能妄下结论。

此外，旧体诗方面，希鲁于1931年9月创作了《日本入寇东三省感赋》；石颜也、汪洽笙、房仙洲、星槎分别于1931年11月创作了《黑马歌》《感时事》《咏马占山》《慰马占山将军》，称颂九一八事变初期应激抗敌的马占山部；这个时期值得关注的诗歌还有抗联女英雄、东北人民革命军第三军第二团政委赵一曼创作的诗作《滨江述怀》：

> 誓志为人不为家，涉江渡海走天涯。
>
> 男儿岂是全都好，女子缘何分外差。
>
> 未惜头颅新故国，甘将热血沃中华。
>
> 白山黑水除敌寇，笑看旌旗红似花。

---

① 东北沦陷十四年史总编室，日本殖民地文化研究会.伪满洲国的真相[M].北京：社会科学文献出版社，2010：172.

此诗是赵一曼1936年8月2日英勇就义前所写的充满抗日激情之作。这位把一岁多的幼子托付给亲人养育，自己冲锋到抗日最前线的共产党员，以她从容之态在诗歌中传达出巾帼英雄慷慨赴国难的爱国主义豪情，撼动天地的视死如归除日寇的决心，以及抗战必胜的坚定信心。总体来说，这一时期抗联诗歌中的旧体诗适合表达抗日救国的感情，且相对新体诗来说，旧体诗在创作数量上不占优势。

（二）展现国破家亡后的东北人民抗击日寇的斗争

诗人金剑啸于1935年5月完成了代表作长诗《兴安岭的风雪》，这是我国文学史上歌颂东北抗日联军浴血奋战的一部英雄史诗。全诗共分为八个部分，诗人以象征的手法、诗意化的笔调展现九一八事变之后东北大地上人们悲惨的生活和反抗斗争。诗中歌颂抗联战士在风雪肆虐的兴安岭上，以乐观的革命英雄主义精神，克服各种恶劣的自然条件，誓死杀敌保家卫国，表达了东北人民对抗联队伍的深情和战胜日本侵略者的坚定信心。

另外有揭示东北人民在日寇铁蹄践踏下自发的反抗斗争，有代表性的是现代诗人物穆木天于1934年6月22日创作的长诗《守堤者》，叙述了遭到日寇抢占土地的农民被日军无情枪杀，遭受重创的人民决心反抗侵略，保卫家园。1937年10月和1938年8月，高兰分别创作了《吊"天照应"》和《我的家在黑龙江》，展现被日寇侵占下的黑龙江，满目疮痍，赞扬奋起反抗的东北抗日军民。这些诗歌创作饱含对敌寇侵占东北土地、欺凌东北人民的悲愤和反抗的激情，倾注了诗人的爱国情怀。

值得关注的是，这一时期出现了加入情节元素、表现义勇军抗敌热情的戏剧化诗歌。李曼霖的《高粱叶》创作于1935年。这是一首加入了情节元素的长诗，像是诗歌体戏剧，又像是诗歌体小说。这首诗歌的主题是义勇军的成长，以及与日本侵略者的斗争。高兰的《我的家在黑龙江》创作于1938年8月，这首诗歌和《高粱叶》在创作手法上有着相似之处，但在内容上，这首诗歌先是带着高昂的热情赞美九一八事变之前的黑龙江，接着用无限悲痛的调子描写了日本侵略者的侵略带给黑龙江人民的伤痛。七七事变之后，师田手于1939年9月创作了《"九一八"之歌》，不仅暴露了日军侵略的罪恶，还热情地为全面抗战的展开拍手称快，鼓励人们抗战。这些戏剧化诗歌扩大抗联诗歌的表现内容和思想深度。

总体来说，东北抗联诗歌，不管是新体诗还是旧体诗，其表达的主题是抗日救国。由于诗人强烈情感的注入，从某种程度上削弱了诗歌的艺术性。由于东北战场在关外，又被"伪满洲国"统治，因此，相对于关内的抗日军队，东北抗日联军的抗战生活也格外艰苦卓绝。"在东北战场者，敌情紧迫，险象环生，冰天雪地，深山密营，在如此严酷的环境中，抗日将士是在以生命书写文学。这样的作品精神价值与历史意义远远大于审美价值，很难用通常的审美标准去衡量。"①诗人金剑啸就为抗日书写而被捕，受尽酷刑，最终壮烈牺牲。这些东北抗联诗歌体现的东北人民的苦难和反满抗日的斗志鼓舞着人们联合驱除日寇。

在抗战胜利前，抗联文学主要是以抗日诗词为主，在东北抗战过程中，一大批鼓励军民抵抗侵略的歌曲应运而生。因为短小精悍易于传播，所以抗联诗词谱成的歌曲影响最大。这些歌曲作为文学大众化的一种样式，首先在抗联队伍中口口相传。后来抗联将士又油印散发传单，逐渐扩大了宣传，于是歌曲普及到东北广大人民中。这些歌曲大部分是抗联将士利用旧调填写新的歌词而成。一些著名的抗联将领不仅领导抗日联军在白山黑水间同日寇进行英勇的斗争，还创作了大量的诗词，并谱成抗联歌曲宣传抗联精神，鼓舞抗联战士痛击敌人。其中，杨靖宇将军为宣传抗日，鼓励抗日联军战士英勇战斗写了众多的军歌，最具代表性的有1938年第一路军成立之初，为鼓舞士气创作了著名的《东北抗联第一路军军歌》，杨靖宇还亲自教唱此歌，在抗联将士中广为传唱，振奋了军威士气，传播了党的抗日政策。这首军歌中"一切的抗日民众快奋起，中韩人民团结紧；夺回来丢失的我国土，结束牛马亡国奴的生活"等诗句，在当时起到了不可估量的引领作用。另外，《中朝民族联合抗日歌》以豪迈的气势，鼓舞了抗联战士英勇抗击日寇。东北抗联第三

---

① 张中良.中国抗日战场文学论 [J].西南民族大学学报，2015（10）：165.

路军总指挥李兆麟将军与战友合写了壮烈的《露营之歌》《义勇军誓词歌》《血盟救国军歌》《义勇军歌》等军歌，都成为鼓舞人心的歌曲，并成为田汉于1935年创作的《义勇军进行曲》的滥觞。其中，《第三路军成立纪念歌》和《露营之歌》反映了抗联将士们的艰苦卓绝的斗争生活，前一首中"民族自救抗日军，铁血壮志坚，杀敌救国复河山"，写于1938年率部西征途中的《露营之歌》中"烟火冲空起，蚊吮血透衫""火烤胸前暖，风吹背后寒"，当时就成为将士们广泛传诵、至今仍脍炙人口的佳句。"1940年6月，抗联第三路军总指挥部机要秘书崔清沫把在部队中传唱的49首革命歌曲汇集起来，亲手刻钢板蜡纸，油印、装订成册，为后人留下一份宝贵的精神财富。"在这些歌谣中，揭露日本侵略罪行和反映人民群众奋起抗战的内容占很大分量。

二、戏剧（以话剧为主）创作

以抗联为题材的话剧在抗战胜利前后皆有充分的发展，而且话剧以其在创作和演出过程中的宣传性而广为流传，受到广大观众的喜爱。话剧以其深刻的思想内容、激烈的冲突、感人的情节，凸显了其价值和意义。抗战胜利之前的话剧作品，按主题大概可分为以下三类：

（一）以抨击国民党的不抵抗政策，宣传抗战为主题

九一八事变后，国民党即刻下达了不抵抗的命令，任凭日寇践踏东北土地和人民。对此，话剧界出现诸多抨击当局的作品。杨锡龄于1931年九一八事变发生不久，即创作了话剧《从军乐》，对当局不抵抗却只去国联诉苦的行为表达了愤慨之情；1932年欧阳予倩创作19幕剧《不要忘了》，真切地表现了九一八事变之时，人们听到日军占领沈阳的炮声时的不敢置信，以及国民党军队的不抵抗情景；1932年，楼适夷创作了《SOS》，借无线电报员之口，大骂不抵抗政策，表达了强烈的爱国热忱。另外，《日军侵占东三省》《沈阳血》等话剧作品的演出，还起到了宣传抗日的作用。

（二）揭示了日寇入侵带给中国百姓的灾难

这类话剧影响较大、最具代表性的莫过于杨靖宇将军于行军中创作的话

剧《王小二放牛》。此话剧以抗联第一路军所经历的真实抗战生活为背景，写了日寇对村民的残害和抗联部队闻讯后对日寇作战，并取得胜利，王小二因此参加抗联的故事。九一八事变之后，各地成立众多话剧社团。仅1933—1935年间，抗联英雄金剑啸创作了多部抗联题材的话剧，以《穷教员》《黄昏》《母与子》为代表。另外，表现日寇入侵给东北老百姓带来深重灾难的作品，还有1932年由田汉创作的独幕剧《扫射》《乱钟》，以及1933年曾经广泛演出过的抗联话剧作品《山海关失守》《东北女生宿舍之一夜》等。

（三）展现抗击日寇的斗争，激励全民族共同抗战

1932—1933年，话剧作品的创作颇为丰富。赵光涛1932年创作的独幕剧《战壕中》写了马占山军和日军激战，并在战壕中过年的故事。1932年，赵光涛创作的《敌人之吻》；陈豫源创作的《邻患——纪念"九一八"》，激励军民抗战。朝鲜族抗联战士于1937年创作多幕话剧《血海之歌》，正面描写了抗联战士在长白山地带与日寇开展的游击战争，揭露了日本侵略者的罪行，同时讴歌了汉族与朝鲜族间用鲜血凝成的革命友谊。此剧由小处着手，既表现了日伪与民众的血海深仇又描写了以布谷鸟为代表的抗日游击队员的勇敢与正义。这类作品感情真挚，不管是从艺术手法，还是思想内容来看，皆具有极强的感染力。

虽然抗联话剧题材多样，但无外乎反映日寇侵略下的东北人民苦难和东北抗联和人民的顽强抵抗这两方面的主题。在艺术上，抗联话剧风格沉郁、内敛，以现实主义手法为主，对于苦难的描写呈现多角度、多侧面的特点。[①]抗联话剧的作者大多亲身经历过九一八事变及其整个东北的沦陷过程，因此，要表达的感情格外真挚激烈，喷薄欲出。

抗联文学是伴随着抗日战争爆发而产生的，是在冰天雪地的艰苦环境中发展起来的，又在日寇的血雨腥风中不断形成声势的。由于残酷的斗争现实和宣传抗日的紧迫性等因素，可以说，在抗战胜利前，抗联文学中没有出现鸿篇巨制。但作为真实反映东北抗日军民斗争生活的文学样式，抗联文学不

---

① 洪亮.论东北沦陷区的"抗日文学"[J].西南民族大学学报，2015（10）.

但起到了宣传抗日、鼓舞军民士气，争取抗日斗争胜利的作用，而且成为承载民族精神的强大力量。从这个意义上说，抗联文学不但具有文学价值，而且作为民族记忆的载体之一，还具有极其宝贵的史料价值，更为重要的是，抗联文学具有永恒的教育意义。

三、小说的出现

1933年，中共中央下发组织东北游击战争的指示，原先的东北义勇军抗日武装斗争逐渐转入低潮，后经改造整顿，抗日义勇军余部被编入党直接领导的抗日游击队伍。[①] 此后，抗日小说中的游击队逐渐代替了义勇军成为东北沦陷区抗战新力量。林珏于1937年2月10日发表于《中流》第一卷第10期上的《某城纪事》则写到了在日寇黑暗统治下的暴动。这类小说有一个共同的写作路子，先写东北老百姓在日寇铁蹄下的生活，再写部分年轻的农民不堪忍受屈辱开始觉醒，最后写民众自发去参加义勇军或游击队，走上抗敌的道路。

以前线战事为题材的抗联小说的蓬勃发展。以与日军在前线的交战为题材的抗联小说，在七七事变之后，呈现繁荣发展的趋势。根据资料，笔者将这类小说分为三类：第一类，直接描写抗日联军在前线和日军的殊死搏斗，如端木蕻良于1938年11月5日发表于《抗战文艺》第2卷第9期上的《螺蛳谷》，描写了一场和日军在螺蛳谷的战斗，作家对战争中的战略战术有很细致的描写。萧军于1934年完成的长篇小说《八月的乡村》，直接而具体地描写了东北抗日军民的斗争场面，描写了一支抗日游击队的成长过程。而骆宾基的《边陲线上》不仅描写了和日军的战斗，民族矛盾之中还交织了阶级矛盾。第二类，描写战事过后被俘战士或不愿给日寇当炮灰的满洲士兵的悲惨境遇。如石光1934年9月20日至10月2日发表于《东方快报》小说副刊上的《逃出以后》，描写了经过一场激战之后被俘虏的东北抗日士兵被残忍的日寇捉走喂狼狗的故事。而林珏发表于1937年10月《光明》战时号外第七号上的《血斑》

---

① 齐福霖. 伪满洲国史话 [M]. 北京：社会科学文献出版社，2011：137.

则讲述了满洲士兵不堪当日军侵略自己同胞的炮灰而逃跑时被无情截杀的故事。第三类，可称之为大后方的战争小说，专门描写日寇在后方扫荡、捕杀抗日爱国者的小说。林珏写于1937年的《铡头》和1938年的《女犯》均以日寇捕杀抗日人员为主题进行创作，虽然故事不是发生在前线，但是那恐怖的气氛却不亚于战场。此外，在1933年，萧红、萧军合著的小说散文集《跋涉》在哈尔滨出版，这部作品倾注了"二萧"的心血，是他们抗日情愫在文学作品中的反映。

抗战胜利之前，东北作家创作的抗联小说为20世纪中国文学史留下了重要的一笔，丰富了中国抗战文学乃至于中国现代文学的书写。这些抗联小说以悲怆之笔描写了东北人民在日寇铁蹄践踏下的苦难和亡国之恨，再现了不堪忍受外族凌辱的东北抗联和人民觉醒及殊死抗争。值得一提的是，作家们秉承现实主义的创作手法，将东北人民内部的阶级矛盾展现并化解在共同抵御日寇的民族矛盾之中，表达爱国和民族大义。这批抗联小说有三个共同之处：第一，揭示了苦难的东北大地上抗争复仇的普遍性与广泛性；第二，抗联作家赋予他们笔下为民族独立而斗争的抗日行为以神圣性，对每一个被卷进这一历史熔炉中的人进行锻造与升华，甚至淘汰；[①]抗联小说家在创作中自然流露出浪漫主义情怀。

第二节　抗战胜利后至世纪末的抗联文学

从整体上看，抗战胜利之后，相比较抗联小说、诗歌、戏剧作品的创作，传记、报告文学、回忆录和影视作品呈现后来者居上之势。可以看出，随着时间的流逝和记忆的沉潜，传记、报告文学、回忆录等作品就显示出其抢救历史，还原真实的优势。这也是其蓬勃发展的原因之一，而时代的发展与技术的进步又给了影视文学更多的发展空间。上文在论及小说、诗歌与戏剧作品时已经对抗战胜利之后的作品有所概括。另外，抗战胜利之后，有关抗联

---

① 刘中树. 镣铐下的缪斯——东北沦陷区文学史纲 [M]. 长春：吉林大学出版社，1999：198-199.

的小说、话剧等作品的创作依然保持着旺盛的活力。满族作家关沫南在中华人民共和国成立后写过很多抗联小说，其中1980年出版的短篇小说集《雾暗霞明》中的《一面坡》《刘桂兰》《肇源烽火》都是直接描写东北抗日战场与日军直接对战的小说。还有一批以抗联英雄的英勇事迹为主题的小说，这些小说抗战胜利前比较少，抗战胜利后的创作数量比较可观。

一、戏剧创作的凸显

抗战胜利后的抗联文学中的戏剧创作较为突出，仅以一些文学刊物为例就可观其状况：《戏剧创作》1981年第5期发表赵羽翔、李文华、董英合作的话剧《杨靖宇》；《戏剧文学》1994年第7期发表柴泚沐的《白山篝火红》；《戏剧文学》2013年第1期发表冯延飞的《杨靖宇一九三七》，时隔一年，又发表李雪艳的《杨靖宇》，2014年第11期发表郑宝春的《中国东北抗日联军》。据笔者粗略统计，抗战胜利后的话剧作品，以杨靖宇等抗联英雄及东北抗日联军为创作主题的作品，在数量上占抗联话剧作品的1/4左右。本书重点观照抗战胜利之后的传记、报告文学、回忆录等。

二、纪实文学的兴起

抗战胜利后，抗联将领与抗联英雄人物的传记在全国各地大量涌现。这类传记作品在所有传记中所占比重较大，以杨靖宇、赵一曼、赵尚志、李兆麟、周保中等抗联领袖人物的传记为主。据不完全统计，到目前为止仅就杨靖宇传记类作品达上百部。杨靖宇将军的传记中，其中较早出现的是1957年11月由黑龙江人民出版社出版，郭肇庆著、张崇林绘图的《杨靖宇将军》；1994年，黑龙江人民出版社出版了作家赵俊清创作的《杨靖宇传》《赵尚志传》《周保中传》《李兆麟传》四部丛书，此丛书将杨靖宇、赵尚志、周保中、李兆麟四位抗联将领的传奇一生记录了下来。此外，赵一曼等人的传记文学如雨后春笋般出现，较早的要数张麟、舒扬写的《赵一曼》，1957年9月由工人出版社出版，后经多次再版。1958年4月，黑龙江人民出版社出版了温野、臧秀编著的《抗日英雄赵一曼》，1959年8月，由辽宁人民出版社再版。1980年5月，湖南人民出版社出版了张麟、何家栋编的《赵一曼》，1994年，团结出版社出版了朱宏启主编的《东北抗日联军将领传》。此后，一系列抗日将领的传记先后出版。中华人民共和国成立后，记载东北抗日过程中出现的其他抗联将领与平民英雄的传记也颇为丰富。如1960年，北方文艺出版社出版了周保中口述，南新宙记录的《抗日小英雄姜墨林》；1981年，黑龙江人民出版社出版了由黑龙江省社会科学院地方党史研究所和东北烈士纪念馆编的《东北抗日烈士传》等传记作品都助推了抗联纪实文学的繁荣发展。

　　以抗联为题材的回忆录大部分出现于抗战胜利之后，最早出现的是1960年吉林人民出版社出版的《抗联剿匪革命回忆录》。1979年6月黑龙江人民出版社出版《过去的年代：关于东北抗联四军的回忆》，从1960年开始由李延禄口述、骆宾基整理，1973年完成后，在“文革”中无法出版，只是作为历史资料保存着。这部回忆录的出版标志着抗联回忆录迎来了出版的兴盛期。本书印行过20万册，当时征订数为40万册。而骆宾基的《李延禄将军的回忆：关于东北抗日联军第四军的报告》（湖南人民出版社，1988年版）则是对上一回忆的基础上，根据李延禄的记忆又做了微小的修订，作者六次采访李将军本人，还先后走访过东北抗日联军第四军各个重点战斗遗址。如绥芬河、东宁地区及司令部所在地、宁安地区、镜泊湖、方正、大罗勒密、依兰等处，并都由当地县委宣传部派人协助做过调查与群访，以确保回忆的真实性。东北抗联第二路军总指挥周保中将军在抗战的艰苦环境中有坚持记日记的习惯，因此，他保存下大量珍贵的抗战史料，为回忆录的编写提供了素材。1983年6月，周保中的《战斗在白山黑水》由辽宁人民出版社出版。

　　有些先后再版多次的回忆录证明了抗联纪实文学的深远影响。具有代表性的回忆录有：徐云卿的《英雄的姐妹（抗联回忆录）》记录了在党的领导下，在异常艰苦的环境中，团结一致、坚持斗争、英勇不屈、壮烈牺牲的英雄姐妹冷云、杨贵珍、陈玉华等的英雄事迹，特别翔实地记录了冷云等八位抗联女英雄掩护大部队撤离，弹尽援绝后，面对强敌宁死不屈投入汹涌的乌斯浑河的殉国壮举。此书1960年第一次出版时，东北抗日联军总指挥周保中将军亲自作序,对作者、老抗联战士和这本书给予较高评价。初版有两种版本——精装本和平装本,精装本还参加了国际图书展览,进行了国际文化交流。1962年根据需要再次印刷。1978年《英雄的姐妹》再版。此外,抗联伉俪的陈雷和李敏的回忆录,作为抗联英雄幸存者的回忆录具有代表性:1991年,黑龙江人民出版社出版了东北抗联国际旅成员、原黑龙江省省长陈雷的《征途岁月:陈雷回忆录》;2017年,黑龙江人民出版社出版了陈雷夫人李敏的《风雪征程——东北抗日联军战士李敏回忆录(1924—1949)》两本回忆录具有共同的特点,真实地再现了抗战到中华人民共和国成立这段时间的抗联集体英雄主义精神,叙述了一个热血青年是怎样成长为共产主义英雄战士的历程。

三、影视剧的出现

20世纪60年代以后,抗联影视剧才大量出现。80年代之前,活跃在抗联影视界的只有抗联电影。初期,不少抗联电影改编自抗联小说或人物传记。例如,抗联作家关沫南反映朝鲜族妇女抗敌斗争的小说《冰上》,改编成了电影文学剧本《冰雪金达莱》,并由朱文顺导演执导,于1963年由长春电影制片厂拍摄制作播出。以杨靖宇、赵尚志、赵一曼等抗联英雄为题材的影视剧不断出现。抗联电视剧出现在90年代:《赵尚志》于1991年上映播出;高峰执导的《赵尚志智取五常堡》于1999年上映。

第三节 21世纪以来的抗联文学

一、纪实文学热

21世纪以来抗联纪实文学大量出现,这里有抗联幸存的将士的回忆录等作品,较为典型的是2005年,徐云卿的《英雄的姐妹——抗联回忆录》由吉林人民出版社出版,这是第三次出版。2005年吉林文史出版社出版了卓昕的

《杨靖宇全传》，随着时代的变迁，档案的解密等原因，这些人物传记逐渐加入新发掘的史料，也增强了传记的传奇性与戏剧性，大大增强了作品的可读性，但仍是尊重史实的客观性较强的创作。作为著名的抗联将领王明贵（于2005年去世）的《忠骨：抗联名将王明贵将军回忆录》（白山出版社，2012年版）以自述的形式，介绍自己曾在大小兴安岭一带与日军顽强作战的经历，在这本回忆录中，王明贵同志以深厚的感情回顾了曾经支援过抗联的人民群众，如果没有群众的支援，抗联就不会坚持到最后胜利；以大量的文字和深厚的感情表达了对烈士的悼念。他们以一颗爱国的赤诚之心，在中华民族危急之时挺身而出，杀向战场与日本侵略者进行顽强的搏斗，为国家、为民族毫不犹豫地献出自己的鲜血和生命。这部回忆录对于牺牲的战友将是极大的安慰。2016年8月，南京出版社出版韩文宁著的《抗联名将杨靖宇》。这些传记都是全景式的作品，不仅仅是讲述抗联将领，更是再现了东北抗联斗争的背景。这些抗联将领的事迹间接给读者了解抗联斗争打开了一扇窗。

二、影视剧的繁荣

21世纪以来，抗联影视剧繁荣：《谷穗黄了》于2003年播出；由孙铁执导的《我的母亲赵一曼》于2005年上映；2007年，由李文岐、孙波、单联全、孙文才联合导演的抗战剧《东北抗联》上映播出。同年，由杨树梁执导的《抗联敢死队之红雪》播出。2009年，由雷献禾、郑军执导的《十三省》播出；《杨靖宇将军》于2012年上映播出；史诗巨制《东北抗日联军》于2015年7月4日在中央电视台一套播出。重大革命军事题材电影《铁血英魂——杨靖宇》于2017年下半年上映。这些抗联影视剧制作更加精良，多以英雄人物与英勇事迹为背景讲述九一八事变以来，东北抗日联军和东北人民奋起抵抗外来侵略的不屈历史。成为抗联文学发展的重要一翼。

三、报告文学的成熟

东北抗联报告文学是在21世纪后逐渐成熟的。报告文学作家张正隆历经

20年采访写作，完成了不少有关抗联的报告文学作品。2011年，张正隆推出一部百万字的报告文学《雪冷血热》，由长江文艺出版社出版。这部作品分上下两部，真实再现了东北十四年残酷的抗战生活。2015年，中国青年出版社出版了张正隆的《无上光荣 东北1931》。2014年8月，秦忻怡的长篇报告文学《坚不可摧》于重庆出版社出版，本书还原了抗战时期，日本侵略者在沈阳和辽源关押二战盟军战俘的历史，批判了日本侵略者的侵略暴行。报告文学和人物传记的不同之处在于，前者具有新闻作品的特色，更注重作品的真实性与时效性。但作为特殊时代的产物，报告文学的发展道路可能有所受限。

抗联文学源于民间的史料发掘，较为典型的是作家姜宝才（东北抗联领导人，赵尚志烈士头颅的发现者）将手中一部分资料以博客的形式公之于众，这给研究者收集与整理相关抗联作品提供了很大帮助。一鸿的《冰封的记忆：东北抗联教导旅揭秘》是第一部记录八十八旅历史史实的文学作品，姜雅君的《红旗 热血 黑土：100位抗联英雄的故事》也代表了21世纪以来纪实文学的写作趋向。另外，以抗联将士后代为代表的抗联纪实文学的出现也为还原历史，尤其是家族抗战史做出了积极的努力。有代表性的是东北抗联历史文化研究会副秘书长、东北抗联女英雄李桂兰的女儿刘颖的《忠诚》，另一部是抗联战士刘树林的儿子刘晓明写的《族魂》，两部作品记录了三个殷实的家族毁家纾难的抗战史，这是民间的记忆的再现。

抗联文学的收集、整理与研究是一个大工程，本文从题材论划分出发，对抗联作品进行了归纳总结。抗联文学在抗战胜利之前，诗歌、戏剧的创作较为丰富，这与这两种体裁的特征有关：一是短小精悍便于谱成歌曲传唱，鼓舞抗联将士的斗志；二是变成街头剧演出便于宣传抗战。抗战胜利之后，抗联小说、报告文学、传记、回忆录、影视作品发展起来。随着抗联文学与文化逐渐受到重视，抗联文学逐渐成为一种还原抗战历史，抢救历史的一种文学样式，而受到越来越多的关注。随着对抗联史料的挖掘和对抗联精神的弘扬，今后还会产生一大批抗联文学作品。

第二章

历久弥新：东北抗联文学整理研究综述

东北抗日联军和进步的作家在艰难抵抗日寇期间创作了许多鼓舞人心的文学作品。抗战胜利后，文坛上也出现了大量以抗联斗争为题材的创作。这些抗联文学虽然已引起了一些学者的关注，但这些研究还比较零散，也缺乏深刻性与系统性。本书以题材论为划分的标准对抗联文学研究予以收集整理，主要从对抗日战争时期创作的抗联文学研究的整理、对东北光复后抗联题材作品研究的整理两个方面，来梳理抗联文学的研究现状。

第一节　对抗联时期文学的整体研究

从1931年九一八事变开始，东北就进入了抗日战争时期，在东北抗日联军组建之前，各地已有东北抗日义勇军、东北反日游击队和东北人民革命军的抗日斗争，抗联文学随之产生。"在沦陷时期的东北文学中，反映东北抗日联军斗争生活的文学作品占有很重要的地位，人们通常把它称之为'抗联文学'。"①对抗联文学的研究在新时期以来才有了较大的发展。"如果说沦陷时期的东北文学继承和发扬了'五四'新文学反帝反封建的光荣传统，那么，其中的抗联革命文学则起到了先锋和模范的作用。正因为如此，抗联的革命文学不但具有极其宝贵的史料价值，而且还有着深刻的现实教育意义。"②研究者在对这一时期的抗联文学进行观照时，也多注重挖掘其教育意义，并分析了

---

① 冯为群，李春燕. 东北沦陷时期文学新论 [M]. 长春：吉林大学出版社，1991.62.
② 冯为群，李春燕. 东北沦陷时期文学新论 [M]. 长春：吉林大学出版社，1991.62.

其艺术特征，可以说是坚持内容与形式的统一。这些研究又分为抗联文学的整体概述与具体体裁的分类研究。

一、对抗联文学的整体观照

文学史对抗联文学研究的观照将1931年九一八事变至1937年七七事变划为第一个时期，这一时期的文学特征是"以诗词、歌谣、话剧为创作形式的抗联文学的兴起"^①代表作品为金剑啸的长诗《兴安岭的风雪》，这"是我国文学史上歌颂东北抗联与敌人浴血奋战的第一部英雄史诗。长诗以强劲有力的节奏讴歌了一个三十二人的小分队与日寇战斗到底的大无畏精神，展现了在风雪漫漫的兴安岭上同侵略者进行殊死搏斗的场景"。^② 最早对沦陷区文学研究的是在1945年东北光复后，姚远（《东北14年来的小说与小说人》）、林里（《东北散文14年的收获》）、李文湘（《过去14年的诗坛》）等人在《东北文学》月刊发表，此后，由于"左"倾思想历史原因，研究工作遭到冷遇。直到20世纪80年代才出现王秋莹的《东北沦陷期文学概观》（连载于1983年的《东北现代文学史料》）等成果。最早出现的专门研究抗联文学的成果是冯为群《谈东北抗联文学》（《抗战文艺研究》，1984年第3期），他将抗联文学总结为三部分：抗日诗词、抗日歌谣、戏剧小说与散文创作。并详细分析其各自内容与创作特色。他指出抗日诗词具有广泛的群众性、强烈的战斗性和鼓动宣传性；他把抗日歌谣的内容归纳为五个方面：一是歌谣的绝大部分揭露了日寇的侵略罪行、反映了人民群众的奋起反抗；二是宣传抗日民族统一战线；三是歌颂党的领导和描摹战士斗争生活；四是描写少年儿童参加抗日斗争的情况；五是反对封建婚姻和揭露尖锐阶级矛盾。在形式上，他也归纳了抗日诗词多样化的特点：有的是利用民歌旧调加以改编；有的是仿照传统的民谣加以创作；有的是利用传统的歌曲，填进新的内容。总之，他认为抗日歌谣语言朴实动人，感情真挚，具有强烈鲜明的战斗性和鼓动性。革命戏剧

---

① 刘慧娟. 东北沦陷时期文学史料 编年体 [M]. 长春：吉林人民出版社，2008：2.

② 叶凡. 中国现代文学 [M]. 沈阳：辽宁大学出版社，1988：300.

部分主要介绍了杨靖宇的《王小二放牛》和歌剧《血海之唱》。在散文小说创作部分，主要评论金剑啸等人的创作并积极肯定他们的文学贡献。

东北现代文学史编写组编的《东北现代文学史》（沈阳出版社，1989年版）指出："当时的抗日武装斗争异常活跃。东北各抗日队伍已整编组成东北抗日联军，力量愈益壮大。抗联战士在紧张战斗之余，创作了许多革命戏剧，诗词和歌词、歌谣，表达了抗联战士和人民群众打败日本侵略者的必胜信心、坚强意志和高昂的革命乐观主义精神。"[①]《东北现代文学史》第六章"抗联的革命文学"分专节介绍"杨靖宇的诗歌和话剧""李兆麟和他的《露营之歌》"，指出他们的文学创作为争取民族独立、自由和解放所做的突出贡献。冯为群、李春燕所著的《东北沦陷时期文学新论》（吉林大学出版社，1991年版）"谈东北抗联文学"和"金剑啸和他的抗日文学"中对抗联文学进行概述与总结。申殿和、黄万华的《东北沦陷时期文学史论》（北方文艺出版社，1991年版）认为抗联文学是最直接呼应左翼文学思潮的创作，指出其大部分是东北抗联将士自己创作并广泛流传于部队和人民群众中，也有一部分是由党直接领导的革命作家创作的。这是文学史首次将金剑啸、杨靖宇、李兆麟之外的作者宋占祥、李文光和朝鲜族抗联战士集体创作纳入视野，并给予高度的评价。

任惜时等编的《东北文学通览》（辽宁大学出版社，1994年版）第五章分四节论述东北抗敌诗文戏剧，分别为沦陷区最早的反抗吼声：金剑啸及其《兴安岭的风雪》；抗战将领的诗与民众的歌谣：杨靖宇、李兆麟的诗歌；为抗战救亡而高歌：田贲、穆木天、塞克的创作；催人奋起救亡的战歌：高兰的朗诵诗。王建中等的《东北解放区文学史》（辽宁大学出版社，1995年版）中认为，抗联文学是东北解放区文学的先声。第一章"东北解放区文学的先声——产生于艰苦卓绝斗争中的抗联文学"介绍并评论了杨靖宇、李兆麟、周保中、刘丹华和苗可秀的诗歌创作，以及《东北抗战歌谣》和抗联戏剧。该书总结抗联诗词的艺术特征为浅显易懂、韵律可歌、音调可颂。在讲到李兆麟诗歌时，他们将杨靖宇与李兆麟比较，指出："杨多质朴，李多华丽。杨多平易，

---

① 东北现代文学史编写组. 东北现代文学史 [M]. 沈阳：沈阳出版社，1989：51.

李多文气。"① 观照视域比以往研究有明显的拓宽。

此时出现的研究文章明显是对抗联文学创作的整体研究。王建中的论文《略论抗联时期的革命文学创作》特别指出："我们在论述抗联文学的戏剧创作和戏剧活动时，不能忘怀共产党员作家金剑啸、舒群、罗烽等人的功绩，他们直接或间接地配合着东北人民的抗日斗争，他们的创作应该是东北抗联文学的重要组成部分。"② 他的论述拓宽与深化了抗联文学的范围与主题内涵，是很值得重视的观点。杨春风的《"生的斗争"与"血的飞溅"——伪满时期东北文学的艰难历程》中认为在北满作家群的创作中，反抗色彩最强烈的，当属抗联文学。代表作是杨靖宇和李兆麟的诗歌。③ 以上研究，除了冯为群的《谈东北抗联文学》和王建中的《略论抗联时期的革命文学创作》这两篇专门谈及抗联文学的论文之外，其余的研究都只是在文学史中提到并整体关照抗联文学。可见，对抗联文学的研究还有待进一步深入展开。

二、对不同作家、体裁的抗联文学的研究

除对抗联文学的整体性研究外，也有一些学者对抗联作家及其作品进行研究、对抗联诗词歌谣的专门研究。就抗联作家作品研究来说，对杨靖宇、关沫南、金剑啸、梁山丁的研究较多。董兴泉的《金剑啸的革命文艺活动及其创作》(《社会科学辑刊》，1983年第2期) 对金剑啸的长篇叙事诗《兴安岭风雪》详细分析，认为其诗结构谨严、兼具抒情性与语言美。周玲玉的《关沫南研究专集》(北方文艺出版社，1989年版) 是第一部研究左翼作家关沫南的专著。王建中的《阶级抗争图，乡土风俗画》(《沈阳师范大学学报》，1990年第1期) 一文，从"意蕴深邃的阶级抗争图""千姿百态的人物众生相"和"色彩浑厚的乡土风俗画"这三个方面评论梁山丁的《绿色的谷》的思想艺术成就。在《东北现代文学研究》上发表以后，由于文章对《绿色的谷》的透彻分析，它又被收录成都出版社出版的《抗战文艺研究》一书，扩

① 王建中，任惜时等 . 东北解放区文学史 [M]. 沈阳：辽宁大学出版社，1995：5.

② 王建中 . 略论抗联时期的革命文学创作 [J]. 社会科学辑刊，1995（5）：21.

③ 吕钦文 . 长春，伪满洲国那些事 [M]. 长春：吉林出版集团有限责任公司，2015：225.

大了《绿色之谷》在社会上的影响。作家梁山丁在给王建中的一封公开信《心有灵犀一点通》中说过："在那个黑暗的年代，我写了这部长篇小说，幸与不幸呢，我吃尽了苦头，但并不后悔，今天，在光明的年代，它能得到比较公正的评价，是我在劳动改造中不敢想象的……你这种不怕牺牲的精神，很使我感动。"① 可见对抗联文学的研究曾经出现过极"左"的评价，伤害过一些老作家，实事求是地认真评价抗联文学是研究者的责任，这也是对那段血雨腥风的抗战历史与革命老作家的敬意与缅怀。申殿和、黄万华的《东北乡土文学的辛勤耕耘者——山丁创作简论》对其长篇小说《绿色的谷》给予高度评价：是"东北文学成熟的一个标志""暗夜弥天中的异彩"。② 刘恒华、曹国辉的论文《杨靖宇与东北抗战文化》认为"杨靖宇领导和推动北满左翼文学的发展"③是抗联文学产生的原因之一。文章最后指出杨靖宇精神是东北抗联文学、抗战文学的思想精华，充分肯定了杨靖宇对抗联文学的贡献。陈福顺的《杨靖宇〈东北抗日联军第一路军歌〉的历史价值研究》(《重庆大学学报》2005年第3期)指出该军歌是东北抗日战争时期流传最广、影响最深的歌曲之一，军歌极具感染力，充溢着浩然之气。对抗联诗词歌谣的研究，有王国芳的《抗联歌曲的革命精神与当代价值》。作者"从抗联歌曲反映'九一八'历史真相，揭露日本侵略嘴脸，激发东北人民爱国斗志，宣传抗日思想，教育官兵，宣传党的政策方针，鼓舞部队战斗士气，宣传统战政策和争取伪军等方面论述抗联歌曲在抗联史中的作用。从党史价值、精神价值、文化价值、爱国主义教育价值等四个方面，论述抗联歌曲所体现的革命精神与当代价值"。④ 它集中分析了抗联歌曲对当代人的文化价值。赵宁、朴春姬的《东北抗日军民的心声》(《北方文物》，1998年第3期)总结出抗联诗词有一部分是描写军民情感的，并列举《上山找抗联》《护送抗联》《做鞋送抗联》等来具体阐释。这一观点是对冯为群的抗联诗歌分类方法的补充。而张凤梅的《东北抗联诗歌

---

① 陈隄.梁山丁研究资料 [M].沈阳：辽宁人民出版社，1998：208.

② 申殿和，黄万华.东北沦陷时期文学史论 [M].哈尔滨：北方文艺出版社，1991：242.

③ 邓来法，贾英豪.杨靖宇纪念文集 [M].北京：中央文献出版社，2005：484.

④ 王国芳.抗联歌曲的革命精神与当代价值 [D].东北师范大学，2008.

中的女性形象》（《兰台世界》，2012年第34期），将抗联诗歌中的女性形象归纳为四类：征战沙场的女英烈、工作在被服厂的女战士、积极支前的地方女性和表现青年女性与抗联战士的爱情。赵书一的《战火中的抗联诗人》（《黄河之声》，2012年第6期）介绍并评论杨靖宇的抗联诗歌创作，指出其诗歌描述了壮阔激烈的战斗场面、表达了抗联部队中将士的英勇和军纪的严明，并且极大地鼓舞了士气，振奋了民族精神。

第二节　对东北光复后抗联题材文学的研究

由于抗联题材具有极大的传奇性和显著的东北地域特征，故东北光复后，取材于此的抗联文学形式多样，产量较丰。而对这些文学作品的研究也涵盖了诸多方面，有传记史料研究、小说研究、影视剧舞台剧研究等。

一、对抗联纪实文学的研究

传记史料研究主要包括抗联人物传研究、纪实小说与史传小说研究。子木在《光明磊落赤胆忠心》（《文艺评论》，1990年第2期）中将王忠瑜的《总司令的悲剧》与《中国的夏伯阳》比较，指出其在刻画赵尚志形象时，前者风格沉郁，后者昂扬，并分析《总司令的悲剧》的艺术特征，即具有强烈深沉的悲剧意识、浓郁炽热的革命感情。张松泉等的《评王忠瑜对长篇革命历史传记小说的新开拓》（《学习与探索》，1995年第6期）对王忠瑜的抗联小说《赵尚志传》进行评论，指出其小说在题材构成上是"宏观着眼，微观落墨"；对历史的表达方面则是"还原历史"，又"超越历史"；在艺术特征上又有"悲而不戚，苦而不涩"的悲剧美感。阎玉娇的《跨越半个世纪的历史记录——东北抗联纪实小说〈密林火花〉创作始末》（《党史纵横》，2005年第10期），对高方贤的《密林火花》艰辛的创作与出版经历予以介绍，并指出小说具有珍贵的史料价值。

对八女英烈和赵一曼的专门研究，显现出研究者对抗联女英雄的塑造的关注。端武的《一曲与日寇浴血奋战的悲歌——读王敬文的长篇传记小说〈霜冷的乌斯浑河〉》(《世纪桥》，2005年第8期)，指出王敬文对八女投江史料悉心整理，对小说人物形象进行分析，对作品的不足也提出了自己的意见。沈检江的《深情著作的女英雄传——评李云桥〈赵一曼传〉》(《黑龙江社会科学》，2006年第2期)则认为经过李云桥的适当阐释，赵一曼的形象更加真实丰满。方蔚在《高高举起呀血红旗帜——评李云桥著〈赵一曼传〉》(《世纪桥》，2006年第7期)中，认为李云桥的《赵一曼传》有三个方面的特点：抗日主题突出，语言细腻生动，运用史料翔实。

杨铁钢的《还原历史警戒今天昭示未来——孙国田〈大地作证〉漫评》(《大庆社会科学》，2014年第1期)评价孙国田的纪实文学《大地作证》，他从《大地作证》的结构、价值和特征上来评论该书的历史意义和艺术特征。牛鲁平《重温历史的天空——读长篇纪实文学〈发现柴世荣〉》(《青岛文学》，2015年第9期)评价张璋的《发现柴世荣》填补了抗联文学中关于柴世荣将军的史料空白，并分析了其书的艺术特色。刘绍凤的《论张正隆的史传报告文学创作》(湖南大学，硕士学位论文，2015)中的第二章第二节为"开垦'东北抗联'"，作者详细介绍了张正隆的抗联史传《雪冷血热》的写作特点，指出作品不仅纪实，还关注人类的心灵世界：生死、逃亡、悲壮感。在这点上，作者认为《雪冷血热》已经超越战争而做着人类命运的哲理思考。

二、对抗联小说的研究

由于抗联小说的虚构性，作家在创作上有更大的自由。因此，小说的人物多性格鲜明，叙述手法多样，具有浓郁的东北地域特色。对这些作品的研究也更加倾向于分析其艺术特征。但与丰富的抗联文学创作相比，文学研究相对滞后。主要研究为：纪众《〈雪殇〉的历史叙述》(《中国图书评论》，1996年第6期)中评价了《雪殇》的历史反思和以史为鉴的精神，尽管评论有些空泛和教条。纪众认为作品中对爱国主义、民族尊严、历史责任的呼吁，是小说主题的重要方面。叶君、王爽的《为一种精神画像——关于王跃斌的小说创作》(《北方文学》，2010年第5期)指出，王跃斌的抗联小说不写众所周知的抗联英雄，而是着重以小人物之跌宕起伏的命运来描绘"抗联精神"的画像。文章详细分析了王跃斌的两部抗联小说《色诱》《山神爷》，并认为小说《色诱》的主人公古七"很抗联，也很人情"。这里的抗联指抗联精神，文章指出王跃斌把"抗联"升华为一种精神特质，这种特质就是英勇顽强、坚毅果敢。而《山神爷》则是一部"抗联"精神跨时空的漫游记。王春林的《复活那段悲壮的历史——评郝炜长篇小说〈雪崩〉》(《玉溪师范学院学报》，2016年第3期)使用随笔的手法，对作家的生平、写作缘起、小说的双重第一人称叙述以及人性刻画都给予了介绍和阐释，尤其指出小说通过杨靖宇警卫员的视角来展现将军的多方面性格，塑造了一个立体、富有人情味的抗联英雄形象。王春林也指出《雪崩》的艺术缺陷，即对人物内心深度的揭示不够深入和通透。

朱秀海创作的长篇小说《音乐会》引起研究者们的关注。张鹰的《人性的搏击与心灵的悲歌——评朱秀海的长篇小说新作〈音乐会〉》(《中国武警》，2002年第1期)中提出"音乐"和"音乐会"是小说中的重要因素，它们提炼并升华了作品的美学意蕴。作品中"音乐""音乐会"与战争相对，前者是美，后者是恶。在金英子的幻觉中音乐声和炮弹声同时响起，彼此交融。美丽与丑恶在主人公的脑海中模糊了，但读者却通过这鲜明的对比，受到心灵的震撼。程贵荣在《兽性与人性的抗争 生存与死亡的搏击》(《河南农业》，2009年第12期)中分析了《音乐会》中大量精彩的心理描写，认为通过内心独白，完成主人公自我人格的完善和道德的审美表现。储冬叶、朱倩的《再现战争的残酷和人性的残忍与高贵——读朱秀海的〈音乐会〉》认为："我国表现战争的文学艺术作品，往往无法直抵人性和战争的内核，与世界一流的战争文学尚有相当的距离。正是在这一背景下，朱秀海的《音乐会》才如此难能可贵。毫无疑问，这一力作让我们看到了中国抗战文学作品的进步和无尽的可能性。"[①] 陈会丽的论文《试论朱秀海长篇小说〈音乐会〉的艺术特点》

---

① 储冬叶，朱倩.再现战争的残酷和人性的残忍与高贵——读朱秀海的《音乐会》[J]. 天中学刊，2014（5）：56.

（《作家》，2011年第10期）从"纪实性与虚拟性的融合、残酷战争与诗意美学的对立统一、汪洋恣肆、激情澎湃的文风、内心独白式令人震撼的心理描写"等几个方面来分析《音乐会》的艺术内涵。阮德胜的《走向世界战争文学的金英子———读朱秀海长篇小说〈音乐会〉》（《名作欣赏》，2013年第24期）指出有了"金英子"，中国抗战文学便可以与世界战争文学对话。

值得一提的是，王晓雁的《战争岁月的另类记忆——薛涛小说〈情报鸟〉中的生命体验》（《剑南文学》，2016年第4期）称《情报鸟》这部战争题材的小说丰富了当代儿童文学的表现领域，它从另类的角度写抗联生活与抗日战争，使孩子们得到了教科书上没有的关于抗联历史的印象。

三、对抗联影视剧、舞台剧的研究

抗联影视剧的出现带来研究界的关注，黄国柱的《〈赵尚志〉启示录》（《文艺评论》1992年第2期）指出电视剧《赵尚志》没有把赵尚志当作"高大全"式的人物来写，而是写出英雄的一些缺点，如打仗也会失败，因为违反民族政策而被开除党籍；并指出电视剧的成功很大程度上来源于其浓厚的地域文化：民俗风情描写、人物性格的粗犷豪放、具有浓郁东北特色的主题曲《一袋烟》和片尾曲《嫂子》，再加上电视剧中大量的有东北口音的女性旁白，既增加了电视剧的柔情色彩又强化了其东北印迹。王木箫的《英雄精神谱写的乐章——〈长白英魂〉创作纪实》（《戏剧文学》，2005年第10期），该文记录了以塑造抗联将领杨靖宇为主要内容的舞台剧《长白英魂》的创作过程与艺术特色。张生筠的《艺术作品，总要具有独特性——读大型儿童剧〈小抗联〉》（《剧作家》，2011年第6期）评论《小抗联》中独特的人物创造、情节设计、细节安排是它的一大特色。

关于电影《我的母亲赵一曼》的研究相对集中。杨桂霞的《青春换得江山壮，碧血染将天地红——〈我的母亲赵一曼〉一部提升爱国主义教育感染力的优秀影片》（《电影评介》，2009年第8期）指出，影片《我的母亲赵一曼》的独特叙事视角是从赵一曼儿子的视点出发，这使得影片更加真切感人。李恒田的《寓教于情——评电影〈我的母亲赵一曼〉的叙事视角》(《黑龙江史志》，2009年第10期)首先对电影《我的母亲赵一曼》叙事视角的特殊方式——"多重内聚焦"进行了解读；其次，分析了这种特殊叙事视角带来的电影的对话性；最后作者指出，同五六十年代的历史题材作品相比，当代的历史题材作品具有民间化立场，更注重人文关怀。另外，赵一曼的事迹被改编成沪剧、京剧和话剧等，针对这些剧作也有学者展开研究，如诸葛漪的《英雄戏最怕拔高》(《解放日报》，2015年6月29日)、王家慧的《赵一曼·现代京剧的有益尝试》、郦国义的《沪剧〈赵一曼〉的前史和新编》、刘淼的《话剧〈赵一曼〉戏里戏外精神永存》。

研究期刊和政府机关宣传部门组织的研讨会助推了抗联影视剧的研究。较为典型的有两次：一次是1995年11月14日，《中国广播电视学刊》编辑部与沈阳电视台共同在北京举办了大型音乐电视专题片《热血之歌》研讨会。从它的选材、形式上讨论其创作的优缺，以及对传播地域文化，弘扬民族精神的重要意义。《中国广播电视学刊》1996年第1期集中发表了文言、王君的《略论〈热血之歌〉的艺术追求》，陆善家的《〈热血之歌〉给电视节目创作者的两点启示》，傅文琦的《浅说〈热血之歌〉的审美特征》，陈开的《〈热血之歌〉观后感》四篇文章。

另一次是2015年7月15日，中国电视艺术委员会、黑龙江省委宣传部联合在北京主办了"电视剧《东北抗日联军》研讨会"。会上，来自各方面的专家肯定了该剧的社会价值和艺术创作。《对民族英雄的史诗性艺术再现——电视剧〈东北抗日联军〉专家研讨会综述》将各位专家的发言整理并分为两个部分：讨论《东北抗日联军》对民族精神的弘扬与其对历史真实和艺术真实的完美结合。杨洪涛、丁萌的《东北抗日战争的民族史诗——评电视剧〈东北抗日联军〉》(《当代电视》，2015年第11期)指出电视剧《东北抗日联军》是第一部全面反映抗日联军全貌与历史的电视剧，其中的人物立体丰满，将抗战精神与东北地域文化进行了有机结合。杜高的《抗联精神的感召力——电视连续剧〈东北抗日联军〉观后感》提到，电视剧通过形象丰满的人物塑造和富有艺术感染力的情节安排，大力弘扬了历久弥新的抗联精神，并指出抗联精神会一代一代地传承下去。

　　综上所述，与抗联文学创作的丰富性相比，抗联文学研究还不全面，也不够深入和细致。比如，关于抗联英雄的传记、小说、影视剧已经层出不穷，但对其研究仍然不多。加强抗联文学的研究工作，对于弘扬抗联精神，鼓励抗联文学的创作，展现抗联斗争的真实性和复杂性都具有重要意义。另外，在研究抗联文学的现代意义、抗联题材的现代化嬗变方面还存在一些不足，这都有待学者们继续开掘。

中编
个案点击

第三章

东北抗联纪实文学论

　　东北抗日联军是中国抗日战争史上，中国共产党领导的，坚持时间最长、条件最为艰苦、斗争最残酷、牺牲最大的军队。在长达十四年的斗争中，抗联部队处于被冻死、饿死、战死的险境。20世纪30年代后期，东北抗联面临着最为残酷的现实：日寇在东北大肆地残杀抗日军民，抗联部队被打散；由于叛徒的出卖，很多地方党组织和交通站被破坏，幸存者也被迫转入地下。抗联的主要创建者和将领大部分都牺牲在这一时期，抗联队伍由1937年兴盛时的四万五千多人，[①] 到1940年已经只剩下约两千人，大多数牺牲的烈士连名字都没留下，能被记住的百不足一。但抗联将士却歼灭了大批日寇，极大打击了敌人的嚣张气焰，为反法西斯战争的胜利做出了巨大贡献。

　　应该说，东北的每一寸土地都见证了抗联将士们的保家卫国的赤诚和悲壮的牺牲。1945年，彭真就说过："在我党领导的革命斗争中，有三件最艰苦的事，第一件是红军二万五千里长征；第二件是主力红军长征后，南方红军的三年游击战争；第三件是东北抗日联军的14年苦斗。"[②] 这是把东北抗联斗争放到了和长征、游击战争一样重要的高度进行评价。1946年，冯仲云以抗联健在的老将军的身份向所有了解抗联历史的人呼吁："在艰苦的斗争中，抗联抗救的各种文件、遗物，都已毁灭、遗失，或星散了，年代久远，记忆为难。……希望苦斗尚存的抗联同志、抗救同志，抗联抗救的遗族，曾知道抗

---

①　王明阁，王云. 东北抗日联军斗争史略（初稿）[M]. 哈尔滨：《北方论丛》杂志社，1980：145.

②　孙风云. 东北抗日联军斗争史 [M]. 哈尔滨：黑龙江人民出版社，1991：159.

联抗救活动的人们，都要来回忆，多写作，多收集，写苦战记、苦囚记、苦刑记，写烈士传……收集抗联抗救的各种旧文件遗物，日寇的各种记载，文件等。我们要对得起死者，我们无论如何要完成这一巨伟的工作。"① 此后，抗联文学中出现了以回忆录为主的文学作品，但由于中华人民共和国成立后，康生长期把持意识形态，为掩盖其同伙王明破坏东北抗联的罪行，压制抗联的宣传和研究。直到"文革"结束后，东北抗联历史才得以展现。

纪实文学是20世纪80年代以来出现的重要文学现象。"纪实文学，是指借助个人体验方式（亲历、采访等）或使用历史文献（日记、书信、档案、新闻报道等），以非虚构方式反映现实生活或历史中的真实人物与真实事件的文学作品，其中包括报告文学、历史纪实、回忆录、传记等多种文体。"②抗联纪实文学以其表现历史中的真实人物和真实事件的优长，到目前为止，据不完全统计，以东北抗联为题材的纪实文学已经有一百多部。这些作品在承续了真实性的一贯立场的同时，又不断有了新的突破。

第一节　逼近真实：抗联纪实文学的整体趋向

真实是纪实文学的灵魂，纪实文学的要义就是探寻客观存在的真实性。纪实文学是以文学书写的方式再现客观的真实（包括历史真实）。东北抗联纪实文学记录了东北抗日联军英勇的抗日斗争，纪实文学的作者坚持历史事实而不热衷于虚构故事。他们以严谨的创作态度，下大力气多方面获取资料，从亲历者口述的客观存在的历史真实，到历史文献中文本的真实，再到透过历史阻隔的想象，其间作者要对历史记忆进行整理、对历史叙述方式的选择、对叙述文本的再加工等复杂环节。只有经过艰苦的努力，作者才能最大限度地逼近历史的真实，还原那段艰苦的抗战岁月，再现那段复杂的历史，记录颠沛流离、誓死抗争的风雨历程，见证了东北抗联悲壮的一幕幕。

---

① 冯仲云. 东北抗日联军十四年苦斗简史 [M]. 北京：中央文献出版社，2008：2.
② 李辉. 纪实文学：直面现实，追寻历史——关于〈中国新文学大系纪实卷〉（1977—2000）[J]. 南方文坛，2009（1）：23–24.

一、抗联将领群像的塑造

纵观东北抗联纪实文学，作者们以严谨的创作态度，给历史以尊严，还英雄以风骨，给民族以气象，尤其是再现了东北抗联将领们的英雄群像。难得的是，笔下并不都是一副严肃的英雄面孔，而是还原有人性温度的将领，他们的英勇、沉着，他们的伤痛、无畏的变化，以及为此做出牺牲都还原了东北抗联将领的真实面貌。20世纪90年代以来，抗联纪实文学出现的代表性作品有金勇的《黑白关东》，描写了十四年来东北抗联在中国共产党领导下所走过的艰苦斗争历程。金勇较为全面地展现了杨靖宇、周保中、赵尚志、赵一曼等共产党人和抗联志士们悲壮的斗争：面临着高寒、饥恶、叛徒出卖等极其恶劣的环境，他们不仅顽强抵抗日寇的进攻，还主动出击沉重地打击了侵略者，粉碎了日寇速战速决、3个月灭亡中国的阴谋。长达十四年的东北抗联斗争"为全国抗战树立了榜样，推动了全国抗日救国运动的发展"。[①] 同样具有史实般震撼的作品是朱秀海的《黑的土 红的雪：东北抗联征战纪实》，他记述了东北抗日联军以茫茫林海雪原为家，以草根树皮为食，靠截获日寇军需物资补给进行战斗的历史。在与党中央联络中断、没有后援等艰苦卓绝条件下，东北抗联以生命不息、抗战不已的决心，用鲜血和生命毙伤日伪军十余万人，大大牵制了数十万日军精锐南下入侵，为全国抗战的胜利做出了巨大的贡献。书中讲述抗联将领的杨靖宇、赵尚志、周保中、李延禄、赵一曼、李兆麟等故事构成了中华民族抗日战争史中的可歌可泣的英雄史诗。

抗联纪实文学展现了日本侵华战争对人性的摧残。纪实文学的作者不是为了复制艰苦悲壮的历史，而是要给后人以新的启迪和教育。相对于审美价值来说，东北抗联纪实文学更重要的是精神价值，这就要求纪实作品的真实性。白俄罗斯作家、诺贝尔文学奖得主阿列克谢耶维奇说："我越是深入地研究文献，就越是深信文献并不存在。没有与现实相等的纯粹的文献。"[②] 文献在

---

① 孙风云 . 东北抗日联军斗争史 [M]. 哈尔滨：黑龙江人民出版社，1991：162.

② 陈亮 . 阿列克谢耶维奇评析：我们永远要选择真相 .[DB/OL].http：//book.ifeng.com/a/20151013/17741_0.shtml，2015-10-13/2020-12-18.

某种程度上遮蔽了历史的真实性，因此，纪实文学作者要通过无数次的调研、采访，让亲历者说话，让事实还原。"纪实文学通常具备文献价值、史志价值、哲学思想价值、社会学价值和文学价值。"[①]抗联纪实文学对那段记忆做出阐释，帮助后世更好地认识和了解历史。书写抗战中英雄们的历史，成为后来者义不容辞的责任。对抗联纪实文学作者来说，搜寻到准确而又翔实的资料是最具挑战性的事，由于东北抗联的特殊性，可靠的资料显得少之又少。对健在的亲历者的深入细致访谈成为获得有价值第一手材料的方法，再加上各种历史，包括地方志的收集等成为纪实文学的资料来源。张正隆的《无上光荣》承续了这样的书写，他以中日双方亲历者的回忆和珍贵的历史图片为史料基础，带领读者走进九一八事变后东北抗战悲壮惨烈的历史现场，全书充溢着震撼人心的力量。

二、学者理性的融入

21世纪以来，抗联纪实文学表现出较为突出的学者化特征。学者们的加入，使得抗联纪实文学充满了理性的力量。他们都以确凿的文献为依据，充分依靠事实，以史料的研读为基础，反复核实史料，对作品中涉及的所有事件、人物都要做到有据可查，最大限度地逼近历史现场，还原历史的真实。"真相都是零散的，多种多样的，分散在世界各地的，不能同时容纳进一个心脏和大脑"。[②]真相是检验纪实文学作者责任感的试金石，一些作品经受住了考验。《东北抗日联军抗战纪实》是王晓辉在长期的教学和科研基础上创作的，体现出学者的严谨学风，大量的历史资料，同时加入生动活泼的纪实文笔，从辽、吉、黑东北军队抗争到大反攻突现了抗联将士艰苦卓绝的战斗历程，彰显了中华民族不屈的民族精神；刘干才、李奎的《大东北抗联纪实》主要描写了包括抗日武装的早起创建、东北人民革命军第一、二、三、四军成立等过程，书写了他们艰苦的抗战历史和用生命换来的卓越抗战功绩；姜

---

① 李朝全.非虚构文学论[M].福州：福建人民出版社，2017：85.
② 丁燕.纪实文学的新变化和可能性[N].文艺报，2017–12–15（002）.

雅君的《红旗　热血　黑土：100位抗联英雄的故事》也代表了这一时期的纪实文学写作趋向，作者以学者几十年研究东北抗联历史的成果作为基础，生动隽永地书写了十四年抗战期间，罗登贤、童长荣、李红光、金百万、夏云杰等100位抗联战士誓死保卫家乡、保卫祖国的英勇抗争事迹。每一个故事背后都有一位抗联志士令人荡气回肠的热血忠魂；每一个历史场景都真实地再现了血雨腥风中抗联志士无私无畏的抗争历史。作为军事科学院研究室副主任、副研究员、军事学博士，李涛的《战典7：东北抗日联军征战纪实》更显示出学者的特征，叙述了抗联将士们在冰天雪地里，在重兵围攻下，与凶残的敌人苦苦周旋，在异常艰苦的环境里，东北抗日联军孤军奋战、插入敌后，牵制与消灭了大量日本关东军和伪满洲国军，振奋了民族精神，有力配合了中原抗日战场的作战，为中国抗日战争的最后胜利做出了重要贡献。

三、家族抗战的探寻

在21世纪背景下，《族魂》的出版是抗联纪实文学出现了重要的收获之一。作者刘晓明是作为抗联烈士后代，更是背负着为家族长辈洗清不白之冤强烈的重任，深入实地、多方查证，历时十几年收集资料完成的。他记述了刘氏家族祖辈、父辈两代三个男儿为代表的北满抗联将士的战斗历程，终于清晰地呈现了刘氏家族和东北抗日联军的斗争画卷，给后人留下了弥足珍贵的史料。值得注意的是，《族魂》不仅叙述以抗日民族英雄刘耀廷、刘景阳兄弟为代表的讷河抗日先锋队与日本侵略者浴血抗争历史，还写了以乐亭奶奶、淑珍大娘为代表的刘家女性鼎力支持和参加抗联斗争的民族大义。作品撷取了大量东北抗日联军中珍贵翔实的历史资料，第一次披露了李兆麟将军与刘景阳之间的书信往来和相关的重要历史文献，澄清了家族抗战的历史，这些具有无可替代的价值。"历史真实我们无法完全获得，但可以把生命体验和感受融入历史的文本中感受到真实，并以此逼近真实。在这一点上，就找到了进入历史追问真实的大门，而个人的生命存在和感悟是打开这个大门的金钥匙。"[1]抗联纪实文学的作者用他们的还原历史真实的责任感，用生命去追溯历史中所有的细节，因此，写进作品的都是作者在调研、走访基础上的一手资料打磨而成。言出有据、以史料叙述那些精心叙述的背后，则留下了走进历史的途径，让读者自己去思索回味。刘晓明的《族魂》虽然是写家族抗战的，其逼近历史的真实性在于，他作为晚辈并没有回避和掩饰长辈们身上的缺点，而是从人性的层面探究历史的局限性，阐释那段家族抗战历史。耀廷爷爷参加过民团，在外面还娶了小奶奶，九一八事变后，他对复杂的军事国事难以辨别，提出退伍回家。小六爷景阳身上也有旧军人的习气，在李兆麟将军写给叔爷景阳的信中，对景阳"背地议是论非的习惯"进行了严肃的批评。小六爷夜里回家筹钱，面对窘迫的家境感慨："现在跟了抗联打鬼子，家保不住还得破财。"深明大义，一个人扛着国事家事的侄媳妇淑珍劝说道："你呀，别什么都舍得搭进去了，还落个嘴不好！家都搭进去了，还落个咱家门风不正！"他说"对！对！还是侄媳妇看得远，站得高"。[2]小六爷深知家中的境况，因此发几句牢骚，这丝毫没有降低和损害他的形象。更为重要的史实是，刘家的两个祖父直到牺牲也不是中国共产党党员，也有可能他们都不知道抗联就是共产党领导的队伍。而父亲虽然参军早，但入党却比一直在农村务农的大嫂、妇救会主任田淑珍还要晚。这更显示了《族魂》的真实性：在错综复杂的抗战背景下，很多像我父亲一样的抗联战士是凭着民族大义和朴素的爱国主义情感参加抗联的，相当长的时期内，党组织也是处于秘密活动状态，父亲入党晚也是符合历史真实的。抗联纪实文学努力追求的是历史的真与美，在忠实地反映历史的大前提下，追求纪实文学的美，使二者完美地结合。透视纷纭复杂的事件表象，揭示人物的思想，还东北抗联历史以本来面目，给人以真实的历史和深刻的警醒。

① 李萱．"历史真实"与"艺术真实"的再思考[N].光明日报，2014-04-18（012）．
② 刘晓明．族魂[M].哈尔滨：黑龙江人民出版社，2014：175.

第二节 "第一次"：抗联纪实文学的不断突破

抗联纪实文学在介入历史、描绘抗联斗争、表现抗联精神图谱方面显示出优越性。随着亲历者的讲述增多，各种档案和历史资料的不断解密，国外大量相关历史资料的译介引进，抗联纪实文学创作拥有了更为丰富而鲜活的素材。抗联纪实文学在再现历史真实的同时，创造了"第一次"，出现了重要的突破。

一、第一次：小切口、大历史

值得关注的是任炳镐的纪实文学《红色汤原》，这是在研究东北抗联史基础上取得的突破性成果，他是以全新的视角，精确翔实的事实和创新的探索，为东北抗联纪实文学的创作再铸一座丰碑。作者选取的切入点较小，仅为黑龙江省境内的一个县级行政单位——汤原，视点较为集中，作者正是以汤原县为基点，多次走访抗联老战士及其子女，与知情人座谈，广泛收集第一手资料。作者以揭示真相的严肃态度，打破僵化的传统的观念，客观地解读历史，第一次以如此小的切口走进大历史，做足文章，给历史以公正的评价。例如，关于赵尚志及其北满临时省委同王明右倾机会主义路线进行的斗争，作者对王明、康生破坏东北抗联和党组织的错误进行了深入披露，起到了还原事实、正本清源的作用。并指出："在那样复杂的环境下，赵尚志同志敢于站出来，分析路线是非，抵制王明错误路线，能指明抗日运动的正确发展方向，是领袖所具备的品质。"[1]任炳镐透过丰富而又复杂的历史，展现真实的历史事件和人物，歌颂了赵尚志等抗日将领敢于坚持真理的可贵精神和高尚领袖品格，重新审视了东北抗联将士与日本关东军浴血奋战的悲壮历史，深刻而翔实地阐述了抗联的历史。该书还强调了一个史实：东北抗联在十四年的苦斗中，其最大的历史功绩在于牵制了近百万日军进关，有力地策应了全国的抗战。同时还消灭了18万多敌人，不仅对中国的抗日战争和世界反法西斯战争做出巨大贡献，而且为组建"四野"，解放全中国也做出了特殊贡

---

[1] 任炳镐.红色汤原[M].哈尔滨：黑龙江省汤原县老区建设促进会，2007：130.

献。据不完全统计，仅东北抗日联军牺牲的将领就多达150余人。其中军级将领就有39位，师级将领112人。作者对抗联史的研究和书写具有突破固有认识、还原历史的积极意义。

二、第一次：东北抗联女兵的书写

抗联后代加入收集、整理、书写前辈历史的队伍，这不仅凝聚了家族几辈人的希望，还有乡亲们的重托，更是当地政府的期盼的，最为重要的是对历史有个交代，还原真实的抗联历史，这些对抗联有更深层的认识。刘颖的《东北抗联女兵》第一次以纪实手法系统、全面地记述了普通抗联女兵这一群体的战斗生活和惨烈的牺牲。书中记录的124位主人公中，有66人成为烈士，她们牺牲时年龄最大的37岁，最小的仅为12岁。这幅东北抗联女英雄群雕是作者多年潜心深入挖掘、第一次披露的历史史实，其史料价值和研究价值不可低估，这是一部珍贵的歌颂东北抗联女兵的力作。她们是东北抗联女兵，也是普通的女人，是父母的女儿，有的还是妻子，是妈妈，残酷的战争改变了一切。刘颖从更人性的角度来反观东北人民的抗日战争，以女性特有的细腻，真实地讲述了这一特殊群体在国破家亡之际，面对日寇的杀戮，像男儿一样忍受了饥饿和寒冷，与外敌进行了殊死斗争。除了讲述民族自由女神赵一曼、这位"红枪白马"的东北抗联女政委的英雄事迹外，作者还呈现了女英雄们震撼天地的牺牲：通河抗日特别支部书记李秋岳面对严刑拷打，始终不透露任何机密，被枪杀后，头颅被残忍地割下，悬挂在城头；在被抓捕前，张宗兰和嫂子金凤英毅然决然吞下鸦片，拼尽全力抗争、选择了有尊严地死去；崔姬淑为了掩护战友们撤退被捕，在所有酷刑都未能使她投降后，丧心病狂的日军剜出了她的双眼，又活生生地出挖了她的心脏；安顺花被砍掉了双手仍不屈服，刽子手们将削好的木楔子一根根直钉进她的胸部和腹部；还有年仅12岁的朝鲜小姑娘在拒绝投降后被施以各种酷刑，最后悲壮地牺牲。女性化的视角再现战争对人性的绞杀，女性经历了更为残酷的生死考验，她们以"未惜头颅新故国，甘将热血沃中华"（赵一曼《滨江抒怀》）的情怀，谱写了许多可歌可泣的悲壮乐章。

三、第一次：还原遮蔽的历史

"用当代人的观点解读历史，是历史学家的任务，也是纪实文学作家的责任。"[①] 一鸿的《冰封的记忆：东北抗联教导旅揭秘》是第一部记录八十八旅历史史实的文学作品，作者用了20年时间，走访了近50位抗联老兵，收集中、日、俄的战争档案，用最真实的史料写成。这是一部血泪交织、爱恨相容的往事，作者完全忠实于历史，涉及的时间、地点、人物、事件的细节都完全真实。尤其是介绍了日本籍的抗联战士、有苏联军衔的抗联将领等，全面地揭秘了这支没有番号的特殊部队从关外孤旅的绝地苦斗再到越境成军、归来复国的发展历程和惊天地泣鬼神的铁血战争史。书中也披露了由于中华人民共和国成立后中苏关系恶化，意识形态斗争带来的政治运动使得每一个八十八旅的老兵都受到冲击甚至是迫害，那段历史也成为禁区。直至今天，中俄两国涉及其中的一些历史档案和资料仍未解密。因此，这些来自当时的敌伪档案或战争亲历者百余张历史照片，及亲历老兵口述材料背后的故事就显得弥足珍贵。一鸿为研究东北抗战历史提供了更多史料，极具参考价值。

过去的历史背后往往蕴含着一代人的思想，抗联纪实文学中挖掘出了被尘封的先烈们深邃的思想和灵魂。刘静祥的《雪埋英魂八十年》首次揭秘鏖战伪满抚松万良、战死在北岗高四爷小山的苏剑飞将军等28位东北抗日英雄的史实。这是作者历时13年，4次大规模修改，创作完成的86万字东北抗联题材纪实文学，作品以大量的史料详细叙述了杨靖宇将军早期麾下苏剑飞将军与同期将领宋铁岩、曹国安、韩光、周健华、杨俊衡等携手并肩、爬冰卧雪、浴血奋战，抗击日寇和伪满军警的往事。虽然有的纪实文学提到苏剑飞，但只是一笔带过，揭示他的神勇及他的牺牲带来的损失。[②] 这是迄今为止抗联史上最系统、最完整描写抗联骁勇彪悍将领苏剑飞将军的作品，是历经80年雪

---

① 季宇. 勇敢者的精神 [M]. 合肥：安徽人民出版社，2015：162.

② "苏剑飞以下二十名抗日战士英勇战死。苏剑飞是一位从伪军中杀出来的抗日英雄，杨靖宇在江北地区依仗的又一名战将，他的牺牲使江北地区的斗争形势迅速恶化，使南满地区的我军渐渐步入危机。"朱秀海. 黑的土 红的雪：东北抗联征战纪实 [M]. 北京：解放军文艺出版社，2005：101.

藏、尘封后的首次全面披露。

重现被岁月遮蔽的历史，是抗联纪实文学的重要特征。在以往的抗联纪实文学中，往往会忽略掉抗联战士获得的民间资助，典型的还原历史的纪实作品是朱秀海的《黑的土 红的雪：东北抗联征战纪实》，强调抗联战斗的胜利离不开必要的补给，为了支援抗联子弟兵摆脱无粮的困境，"群众付出了惨重牺牲，临江县一名叫李福生的老人，收割庄稼时故意将粮食埋在地里，被日本宪兵发现，让狼犬活活咬死。在吉安老岭，上百名群众因庄稼收割得不干净而被怀疑'通匪'惨遭枪杀"。[①] 东北抗联没有政府的支持，没有后方支援，粮弹两无，兵员、军费、军需全得靠自己在战争中取得。因此，杨靖宇战斗到最后一人时就面临着两难：他要为民族继续战斗就要得到粮食和棉鞋，而要得到这些，他就得暴露，否则就会因冻饿而死在山林中，很多抗联将士都是因为被日寇切断了物资来源而冻死饿死的，这就是抗联战斗面临的残酷的事实。抗联将士的后代刘晓明通过走进家族历史，走进民间，呈现了抗联历史中生活保障那条战线："讷河抗日先锋队的战斗实践证明，他们全部的生活和给养，大部分来自每个战士背后的家庭、亲友和百姓。这是活生生的历史现实，不是后世人编写的革命浪漫主义教科书。"[②]《族魂》第一次揭示了家族抗战中的事实：刘家的男人个个都是英雄豪杰，血洒抗日疆场；刘家的女人们也都是深明大义，舍家为国。一方面，她们从小受到过严格的家庭教育，懂得为人妇、为人母的人伦道理，心甘情愿地勤勉相夫教子、操持家务，另一方面，她们巾帼不让须眉，在民族危亡的关头，无怨无悔地支持刘家男人保家卫国，同时直接或间接地参与到抗日斗争中。被日本人成为"打不到的小脚"的乐亭奶奶是个勤劳、坚强、智慧的女人，她上过私塾和民国小学堂，很有文化，她和能文能武的耀廷爷一同接受参加抗日活动，迎来送往、筹备物资、拿出银洋。当敌人对她大施酷刑时，她就两句话："我是一个妇道人家，男人在外边做的事不闻不问，我怎么会知道。我一个小脚女人，不知道大脚人在外边干的事情。"遍体鳞伤的她刚被放出来就偷偷打听景阳的行踪，

---

① 朱秀海.黑的土 红的雪：东北抗联征战纪实 [M].北京：解放军文艺出版社，2005：441.
② 刘晓明.族魂 [M].哈尔滨：黑龙江人民出版社，2014：174.

生怕被日本人死死盯住的小叔子出危险。在儿子树林被抓到哈尔滨监狱生死未卜时，她卖房、卖首饰打探消息，"在哈尔滨寻找和等待我父亲有三年多时间"，并在儿子的关押地附近租个小店，边做小买卖边打探消息。儿媳田淑珍是妇救会主任，在外带领妇女宣传抗日，在家尽力尽心种地经商，日夜忙于养家支前、照看老小。抗联斗争最艰难的时候，胸怀民族大义的东北人民前仆后继，上到耄耋之人、下到十几岁的少年勇敢地支持抗联痛击日寇。那位张尚仁医生敢于给被日寇悬赏捉拿的刘景阳医治眼伤；一位没有留下姓名的同行人为刚刚出狱的抗联战士刘树林寻找抗联提供资金；陌生的达斡尔族老人为抗联摆渡过河（《族魂》）。日寇企图杀死所有抗战到底的人，而人民却保护一对外国抗日志士的女孤，并让她在战火中长大（《黑的土 红的雪：东北抗联征战纪实》）。在人民的支援下，杨靖宇领导不足百人的抗联在五个月内，战斗60余次，打死打伤日伪军130余人，缴获许多武器弹药，声威遍及南满；有了人民的支持，短短一年多，赵尚志领导的哈东根据地人口达10多万，被敌人称为"共产王国"、被群众称为"红地盘"（《抗日英烈民族魂》）。"什么叫三个人参加的抗日战争，实则是一个家族全面出动的战争，历史应该公正地对待抗日战士背后的每个家庭。"① 这句话虽然透露出的只是众多抗战历史的一个侧面，但揭示出抗联战士家族的巨大牺牲，来自民间的支持是东北抗联取得胜利的重要因素之一。

第三节　家族抗战：抗联纪实文学民间记忆的典范

21世纪以来，抗联纪实文学中出现了抗联英雄后代撰写的纪实文学作品。具有代表性的一部是东北抗联历史文化研究会副秘书长、东北抗联女英雄李桂兰的女儿刘颖的《忠诚》，另一部是抗联战士刘树林的儿子刘晓明写的《族魂》，这两部作品都记录了家族亲人抗战的历史，最大限度地还原了一个家族抗战的真实，共同诠释了两个殷实的家族毁家纾难的根本原因："民族

---

① 刘晓明. 族魂 [M]. 哈尔滨：黑龙江人民出版社，2014：118.

危亡的时刻，总得有人要用命、要用血去扛旗，这是气节，这是民族魂！"①《忠诚》记录了李、宋氏两个家族的抗战故事。李桂兰的母亲养育了九个孩子，她支持儿女们去抗日，自己跑交通，照顾伤员。带领全家人走上了革命道路的舅父宋殿双为汤原游击队副团长，后被日本人扔进大江。大哥李风林是东北抗联第六军的保安团团长，28岁战死在桦川县葡萄沟。二弟、三弟、四弟、五弟、二妹、三妹都参加抗日救国斗争，李桂兰是第六军被服厂政治主任，由于叛徒出卖被俘，受尽日寇的酷刑，她都宁死不屈。在李桂兰入狱期间，她的丈夫、抗联第六军四师师长吴一光也壮烈牺牲。

一、东北家族抗战文学的先声

《忠诚》不仅仅是李、宋两个家族的抗战斗争，还写了第六军被服厂厂长裴成春一家，姐弟四人一起参加革命，他们都是汤原早期的共产党员。她和三个弟弟立下誓言并兑现了："要为革命洒尽最后一滴血……"②抗联将士们的忠诚最集中地展现在1938年前后，日寇实行"集团部落式"的管理，切断了抗联和老百姓的联系。抗联冻饿而死的战士人数甚至超过了战斗减员的人数。但仍有大批战士为抗日救亡，宁愿爬冰卧雪，不惜流血牺牲。"那是一个靠信仰支撑的年代，因为什么都没有了，剩下的唯有信仰。"③如果没有信仰，刘家11岁的腊梅就不能成为抗联的交通员，在短短的两年中，处于童年的腊梅迅速成长起来，13虚岁被捕后，经过20多天的拷问毒打、不让睡觉，少给饭、少给水的非人折磨都没有说出一句话。恶魔们在一天夜里把她提走，第二天早上，"把哑巴一样、干梅枝一样的大姑放出警务课监狱大门外"。④正是对革命的坚定信仰，她经受住了敌人的兽性迫害，最终都没有说出日寇想要的信息。如果没有信仰，淑珍就不会承受住煎熬：她花钱托人打听被抓的婆婆消息，花钱请郎中治疗被迫害疯了的大姑子腊梅，小姑子看病、镇上的买卖都

---

① 刘颖.忠诚[M].哈尔滨：黑龙江人民出版社，2013：3.

② 刘颖.忠诚[M].哈尔滨：黑龙江人民出版社，2013：293.

③ 刘颖.忠诚[M].哈尔滨：黑龙江人民出版社，2013：297.

④ 刘晓明.族魂[M].哈尔滨：黑龙江人民出版社，2014：173.

要花钱，小六爷的抗联杀敌卫国更需要钱，她靠着坚定的信仰，苦苦支撑这个家。《忠诚》还描写了夏云杰、吴玉光、徐光海、李春满、宋乃振、康正发等鲜活的人物，以及许许多多的无名烈士，刘颖只能用夏嫂、韩姐、李师傅等符号来记载。无限的忠诚、坚定的信仰，这就是中华民族在巨大的灾难面前没有灭亡的原因。

相对而言，《族魂》对家族描写更为细致，处处闪烁着揭示了历史及人物背后的民间思想。"任何历史书都不要用人民的名义，掩盖历史真相，因为东北军阀中的投降派大有人在。从另一个角度看，没有内鬼引不进恶狼这句话乃千古真理。"① 东北抗联面临的环境之艰苦、战斗之惨烈、牺牲之巨大远远超过了国内其他的战场。仅此一点就可以证明抗联将士的牺牲是惨烈的。仅就讷河一地就可以看出"讷河民政局档案柜里，至今还留有成堆的烈士证书没有发出，甚至无人来领。因为这些证书上仅有当时抗联战士的编号，而无真实姓名，更无真实籍贯地址，无法弥补这一切的遗憾"。② 就是在最艰苦的时期，刘家的爷爷耀廷、小六爷景阳所在的抗日先锋队遭到重创，二人先后壮烈殉国。父亲刘树林在张信屯之战中为保护团长耿殿君腹部受伤，后来在战斗中同敌人遭遇，腹部再次受伤，治伤时被出卖入狱，遭受了非人的折磨。父亲出狱后，找到老首长王均，回归抗联队伍。后任警卫排长、连长。1948年以后以军管干部身份到黑河专属被服厂担任厂长，后又到酒厂任厂长，抗美援朝时期又回到黑龙江省军事管理科任副科长。令人遗憾的是，对于如此重要的历史事件，仅在英雄家族抗战的家乡讷河，在政府的史志里却被没有记载。在讷河市政府竖立的抗日先锋队攻打讷河牺牲人员的纪念碑上，也没有刘耀廷和刘景阳两位英雄的名字。出现这种情况，实在是因为缺少资料记载，也找不到当时的见证人。《族魂》作为抗联家族民间记忆的典范，真实地再现了这段被尘封的历史。

《族魂》创作中的丰富与真实在于，作者抱着探询家族抗战时期真实历史的态度，以刘氏家族创业兴家、举家抗战为主线，以深入查证的翔实史料和

---

① 刘晓明.族魂 [M].哈尔滨：黑龙江人民出版社，2014：65.

② 刘晓明.族魂 [M].哈尔滨：黑龙江人民出版社，2014：118.

见证人叙述为辅助，再现了一个家族举全家之力，义无反顾地投身抗战的历史。为避战祸来到北满黑土地的刘家靠着智慧、勤劳甚至是生命过上富足安康的日子，但九一八事变之后，刘氏家族的历史命运就与东北抗联斗争史密不可分。特别是面对日寇的侵略和奴役，上至宝坻太爷，下至11岁的孩童，刘氏家族人不畏强暴的民族气节震撼人心，为此也付出了巨大的牺牲。最让人扼腕的是，不堪凌辱的大姑腊梅被放出来后，投河自杀被救起后疯了。即使是家人的关爱也无法抚平她的创伤，最终还是自杀了。刘晓明主要书写了刘耀廷、刘景阳、刘树林作为抗联将士的一腔赤诚的爱国精神，也写出了作为兄弟在认知和性格上的分歧与抗战同仇敌忾的担当。小六爷每次战斗下来都要叮嘱二哥今后打仗不要冲到最前头，"你是队里的军事参谋，属于全队的诸葛亮。打仗的时候，只当一个普通士兵用，是不值当的"。[①] 作品中浓浓的兄弟深情、叔嫂情谊、叔侄亲情，以及作为普通人的无奈等随处可见。《族魂》以大量的事实表明：在东北抗联斗争史上，刘家是少有的富裕之家，男儿英勇抗日、满门忠烈，女人一心支前、无私无畏。他们内心深处根植的是民族大义和不屈的英雄气节，就是一个家族的族魂，更是一个民族得以生存发展的族魂。宝坻刘家祖上虽然世代务农，但有见识，家道殷实，懂得事理，属于为数不多的有经济实力而闯关东的开发者。刘氏家族父慈子孝、亲情至上、勤俭持家，骨子里正直侠义、爱憎分明，深藏着济世安民的民族大义，在遭遇外敌入侵时，刘家男人以身赴难，女人敢于担当，这样的气质熔铸到家族血脉中代代相传。也正因如此，刘家在国难当头时才能不用任何人去动员，他们主动参加抗联、为抗日而不惜牺牲自己，刘家成为抗联的大后方补给站。

《族魂》用浓重的墨笔讲述了两个爷爷和父亲的抗联经历。爷爷刘景春是东北军军人出身，接受过军事学堂的培训，能文善武，很快就当上了连长。"九一八"事变后，东北军弃土避战的举动深深刺痛了爷爷的内心，报国无门的他只能回家经商务农。当抗日联军十二团请他参加时，他欣然接受，成为讷河抗日先锋队的高参。刘景春当众剃头改景春名为耀廷，是为了牢记抗日

---

① 刘晓明.族魂[M].哈尔滨：黑龙江人民出版社，2014：106.

救国，也是为了光宗耀祖留下来的家业门庭。45岁的他整天同二十几岁的人一起打仗，始终跑在最前方，他的军事和领导才能还让代理过的十二团战功显赫。李兆麟将军调他到总指挥部任副长官。就在上任前的讷东唐火犁战斗中，刘耀廷为掩护战友而中弹牺牲。李将军签署命令为他举行了追悼会。将军后来又偕夫人专程拜祭，并高度评价刘耀廷的功绩。小六爷刘景阳浴血奋战，却死得不明不白，更可悲的是，有作家杜撰了刘景阳是抗联的叛徒，最后被抗联锄奸队亲手杀死。在抗日战争的讷河一带，刘家兄弟被百姓称为讷河大侠、讷河双雄。在中华人民共和国成立后，这杜撰的内容成为父亲刘树林被党和群众认为具有叛变投敌罪的证据，这使他生不如死，但又死不起，一是他要对得起牺牲的前辈，二是他要给后人一个交代。刘晓明不负父亲的重托，在见证人、知情人的帮助下，在史料记载中终于还原了小六爷的真实历史。为了抗日救国，他终生未娶。他1931年就和马占山、邓文山参加过齐齐哈尔市江桥抗日保桥战，失败后和邓文山成立独立抗日团，在部队练就了一身过硬的杀敌本领，部队被打散以后，他"赋闲"在家。1939年，由北满抗日总指挥张寿篯（李兆麟）亲自审批，出任刚成立的讷河人民抗日先锋队中队长。景阳小六爷上任训示"牵来自家马，带来自家粮，扛来德国枪，专打日本狼"。[①]1942年6月，景阳小六爷在养伤期间被护养户出卖，惨遭日满杀戮割头，悬首级于讷河县南城门楼下数日有余，上有书写"匪首刘景阳"的白布条幅。刘晓明还原了历史的真实，告慰了为国捐躯却遭受不白之冤的叔爷。最终，讷河市抗日英雄纪念碑上镌刻上了刘家三位长辈的英名。

二、还原民间抗战

21世纪以来，抗联纪实文学的可贵之处在于不仅观照到普通民众在抗击倭寇中的力量，还民间抗战以本来面目。《族魂》写抗日联军十二团这支部队在刘家兄弟的带领下，先震慑了为日寇卖命的汉奸们，不但端掉了警察所还消灭了民团；然后乘胜给日本关东军沉重打击，占领了讷河县；最为轰动的

---

① 刘晓明. 族魂[M]. 哈尔滨：黑龙江人民出版社，2014：117.

是，他们炸毁了日军两座机场破掉日军空中堡垒，切断了敌寇的运输线。整个刘家，不光是三个男人在抗击日寇，而是整个家族全部出动，前方在枪林弹雨中冲锋在前，后方在日夜劳作支前。大伯刘义和大娘田淑珍操持着大事小情，养家支持抗联。他们不光是家里的"顶梁柱"，"耀廷爷说，刘义和媳妇主政的家，才是我们爷仨抗联的大后方、大本营"。①景阳小六爷自豪地对先锋队的战士们讲："你们抗日救国没有我的家里条件好，我是全家支援我一个人。我回家是要钱要粮要东西，你们回家可要不来。所以，谁家有困难对我说，我家就是咱讷河先锋队的大本营。"②言语背后包含的是刘家的全力付出的艰辛：在那个缺吃少穿的年代，家里本来就缺少了三个主要劳动力，再加上持续不断的筹钱筹粮支援抗联，刘家还有尚未成年的孩子需要抚养，生活艰难可想而知，刘义大伯只好在讷河龙河镇上开了一家刘记杂货铺来养家和支援抗联。刘家的民族大义不仅感化、也震慑了了倭都台村周围，在多次地对抗日分子进行的大逮捕中，"我家在家男人大伯刘义、大娘田淑珍始终没人敢检举，连伪满警察都出面保证他们不是抗日分子"。③刘义夫妇一生都在默默无闻种地劳作，倾尽家产支援抗联前方，还遗憾没能同家里的长辈一起战场杀敌救国，活下来也觉得有愧。其实，这与血洒疆场的将士们相比是一种无法衡量的牺牲和奉献。

中国的民间记忆并不缺失，《族魂》揭示了民间视野中的抗联是东北儿女组成的军队，他们离不开百姓的支持。作者叙述了东北抗联的后方给养钱的来源，并通过一个家族的抗战史再现了一个被忽视的史实。这些来自民间的记忆是最为直接的历史，这种记忆不断延伸。在抗战进行到最艰难的1940年，白色恐怖笼罩：

东北的抗日斗争越来越复杂、越来越残酷、越来越尖锐。根本不是某些历史书中所写的那样，什么叛徒是极少数，东北老百姓都拥护东北抗日联军。不要用战后的结果去改写历史过程，这样做法是很危险的，是一种

---

① 刘晓明.族魂[M].哈尔滨：黑龙江人民出版社，2014：159.
② 刘晓明.族魂[M].哈尔滨：黑龙江人民出版社，2014：171.
③ 刘晓明.族魂[M].哈尔滨：黑龙江人民出版社，2014：91.

愚昧欺人的误导。

历史原本怎样，就应该怎样，是任何人也更改不了的。因为见证历史、亲历历史的人不是一种人。参与东北抗日战争的还有更直接的日本人、朝鲜人、东北各民族的人群。

不要轻视东北各族的民间记忆，民间记忆往往更冷静、更客观。①

这就最为本真地揭示出东北抗战形势的严峻和复杂，东北抗联斗争之所以能够在严酷的自然环境和日寇制造的极端恐怖氛围中坚持下去，固然离不开民间的支持，但这种复杂形势也是抗战长达十四年的一个原因。

三、人性的拷问

东北抗联纪实文学在充满了人性光辉的故事背后，还有对人性的另一种拷问。拷问的不是人性，而是一些人的奴性。这样的思考是深刻的："小时候，我不断听到我父辈和那些过来人说，伪满时杀害抗联最凶狠的敌人并不是日本人，而是咱们中国人自己。没有这些中国人中的败类，日本人在满洲，一天也待不下去。"②人们最恨的是那些叛徒，那些中国人中的败类。刘晓明的笔触探到抗联斗争的更深处，窥探得更远，与抗联斗争相关联的史实、事件和人物才更为真实，这是作者逼近历史真实的勇气成就的文字。字里行间透露出来自民间的探询和深刻的剖析，这代表了民间的独到见解，更是纪实文学应有的品格。

纪实文学《忠诚》《族魂》还原并讴歌了以李氏、宋氏、刘氏等家族为代表的抗联将士浴血杀敌、保家卫国的英雄气概，这是三个家族代表的由千千万万个家族之魂凝聚构成的民族之魂。刘颖、刘晓明以他们的文字诠释了伟大的东北抗联精神。他们以独特的家族视角，走进历史现场，还原了一个伟大民族生生不息的民族魂。这两部作品也因其民间记忆带来的家族抗战史诗式的再现，成为抗联纪实文学的代表之作。

---

①　刘晓明.族魂[M].哈尔滨：黑龙江人民出版社，2014：170.

②　刘晓明.族魂[M].哈尔滨：黑龙江人民出版社，2014：179.

　　抗联纪实文学在记录历史中发挥着重要的作用，在很大程度上，抗联纪实文学的作用包括了还原历史、帮助读者认识抗联斗争、宣传抗联精神的作用。相对而言，在真实性的基础上，独立地面对这段历史和历史中人的命运，对每一个作家来说是一个挑战。纪实文学的哲学思想价值又要求作家对这段历史进行深入思考，满足读者"对真相、对内幕、对故事的需求"，①这是抗联纪实文学努力的方向。

　　客观上看，东北抗联纪实文学的创作要比诗歌、小说、戏剧等文体出现晚，但发展速度快。这段历史记忆在纪实文学书写的建构与反思中得以呈现。抗联纪实文学以"真实性"为精神内核，直面现实，在繁复、酷烈与深刻中阐释历史，呈现出逼近历史真实的整体趋向；东北抗联纪实文学在展现历史中，不断挖掘新的史实，凸显了东北抗联历史中的"第一次"。抗联文学中出现了家族抗战的纪实文学，体现了鲜明的民间记忆特征，将东北大地上家族抗战的历史呈现出来。这种以民间记忆的伦理叙事，完成了对东北抗联历史的还原，标志着抗联文学创作跃上了一个新的高度。

---

①　丁燕. 纪实文学的新变化和可能性 [N]. 文艺报，2017-12-15（002）.

第四章

"人"的再发现——论 21 世纪以来的抗战小说

本章旨在论述21世纪以来抗战题材小说的新变，即，它与此前同类题材作品以国家民族自我认同为基本立场的宏大叙事相比，更加重视小人物（普通人）在抗战中的真实境遇和抗争行为。当然"人"的发现并非21世纪文学才有的现象，最早的抗战文学出现于抗战期间发表的姚雪垠的小说《差半车麦秸》等就重点表现过小人物的抗战，新时期文学以来的抗战文学便以人的再发现为特点。

抗战小说在90年的书写中，展现了战争的残酷及中国人民的誓死抗争，这奠定了小说悲壮的主基调。国家民族自我认同的宏大叙事成为抗战小说的主流，这种叙事在完成国族信仰等方面具有重要的意义。21世纪抗战小说探究在严酷的历史场景中，普通的中国人是如何生存，如何面对战争的灾难，他们的性格和命运是如何展开的。这些小说以各具特色的叙事方式、经验感知传达作家的精神立场，通过对个体尤其是小人物在灾难中的表现，审视人的历史性存在，观照人类的命运。抗战小说还原了历史本来具有的复杂性和丰富性，对"人"的再发现为人类反思战争、解读自身提供了文本符码和历史镜鉴。

第一节　书写小人物的抗战

21世纪以来的抗战小说更加凸显民间立场，形成了多维话语的历史审美建构。作家摆脱了传统历史观念的束缚，在主流意识形态叙述模式之外，开启审视历史的新视角，揭示出被遮蔽的复杂历史真实。抗战小说中人的意识得到强化，这直接推动了对人内心世界的深入探索，深化了对个体生命状态、人的价值、人生存权利和意义的理解。抗战小说写出战争对人的生存状态、精神走向等方面的深刻影响，勾画出人性的图谱。作为"人的文学"，抗战小说还原了普通人的抗战。

一、还原普通人的抗战

抗战中固然有大批叱咤疆场的英雄将领，21世纪以来这类人物塑造也还原其普通人的一面。毕竟，抵抗日军侵略的大部分是包括英雄在内的普通人，"给生命以意义是人类存在的主要目的和首要条件"。[①] 他们是具体的活生生的个体，这是21世纪以来作家们对抗战的阐释，也是人的再发现。作家关注个体生命真实的状态，把英雄还原为常人，但又不仅仅限于人本能的一面，与此同时也彰显了英雄特有的昂扬向上的精神气度与捍卫国家民族利益的血性，英雄在坚守中升华了自己的灵魂。《历史的天空》中的姜必达、《亮剑》中的李云龙就体现出英雄将领作为普通人的一面，这是重建英雄话语的有益尝试，也是深化同类题材小说的有效探索。原生态展现抗战中的另类英雄人物的性格，摆脱以往意识形态和审美范式的规约，在特定的时空中呈现出英雄本来的面目：有缺点，甚至屡犯错、屡建战功，也写出了人的英雄气概，而人物生命的温度和精神的硬度使得形象更丰满、更真实、更有人性的光彩。21世纪以来，抗战小说作家将目光聚焦在普通士兵身上，何顿的《来生再见》借国民党将领后代之口表明"战争让人只记住了将军们，却忽略了直接参与战斗的下级军官和士兵，衡阳保卫战如果没有顽强的士兵，是守不了四十七天的"。[②] 这些大历史中的普通士兵的抗战往往是被忽视的，他们在国难当头时做出了牺牲，本应该得到应有的尊重，尤其是他们忍受屈辱时的窝囊，非但不会影响英勇抗战，反而更增加人物的真实性，还原普通人的抗战。

---

① ［美］格尔茨. 文化的解释 [M]. 韩莉译. 南京：译林出版社，1999：511.
② 何顿. 来生再见 [M]. 南京：江苏凤凰文艺出版社，2013：305.

何顿的《抵抗者》以片段和细节刻画的形式讲述了以黄抗日为代表的各色小人物的反抗，他们是勇敢懦弱、高大卑微的混合体，有着复杂的性格特征，他们是血性男儿，也有着民间的劣根性。同为一个人，黄山猫这个名字才是符合人物本性的，他痛恨战争，恐惧战争；而黄抗日这个名字是外界赋予他的职责，"他很想回家，很想战争早点结束，那他就能名正言顺地放下武器，回家向他唯一信任的女人桂花倾诉他经历的极为可怕的一切"。[①] 黄抗日因长得像猩猩而被人嘲弄，这使他从小自卑并学会了自我保护，在日军冲上来时，他吓得不敢动，索性装死。正因为他胆小怕事、狡黠隐忍才多次死里逃生，成为历史的见证者。客观上说，黄抗日和他的弟兄们是英雄，但他们不是以往作家塑造的英雄，他们平日里有不光彩的一面：使坏、打架，成群结队逛下等妓院。但他们有抵抗侵略的家国情怀，在战场上英勇杀敌尽到了军人保卫自己家园的职责，这就是真实而普通的抵抗战者。海飞的小说《回家》则将目光投射到一心回家的士兵在归途中抗战。新四军老兵陈岭北要完成祖父的生前心愿，回家娶寡嫂棉花，生一个儿子，即使关禁闭也没有使他退缩。在回家的途中，他和国军连长黄灿灿、土匪头子麻三本等人联合堵截了日军。这些小人物们的抗战成为历史的另一种真实：归途中处处是战场，他们身上的抗争精神是不应被遮蔽的。陈岭北历尽艰辛回到家才得知被日寇凌辱的棉棉自尽了。至此，他深切地意识到国与家实际上是难以分离的，国难当头，家也不会保全。

21世纪抗战小说还观照到一群名不见经传的小人物的抵抗，像常龙基（全勇先的《昭和十八年》）、王文祺（梁晓声的《懦者》）等，他们看似怯弱无能，遭受凌辱却不敢反抗，内心却充斥着对日寇的刻骨仇恨，他们忍辱偷生就是为寻找杀死日军军官的机会。他们以惊人的举动誓死捍卫了人的尊严，昭示着民族不屈的意志，具有超越时空的穿透力。相对于男子的抵抗，底层女性的反抗更具震撼力：林荷花（陈平的《荷花开了》）敢于反抗童养媳的命运，跟恋人山子参加了抗联斗争，后来接受任务，潜伏到警察局长家窃取情

---

① 何顿.抵抗者[M].南京：江苏凤凰文艺出版社，2013：36.

报；陈大芬、付金娥等人则直接与日寇进行殊死搏斗。值得关注的是，全勇先的《妹妹》虽以"八女投江"的故事为原型，却写了一个哥哥眼中和野男人跑了的"狠心"妹妹。哥哥不知道妹妹加入地下党，她为掩护身份与吉乃臣一起加入抗联，后来因掩护部队转移而陷入绝境，最终为坚决不做日寇的俘虏，她带领七姐妹投江。作家并不是致力于塑造作为女英雄的冷云，而是一个普通人的妹妹。这边哥哥一直在苦苦寻找，而另一边是八个年轻女性壮烈牺牲。在主流意识形态话语中，她是抗日英雄；而对于普通家庭来说，她是哥哥的妹妹、父母的女儿。这是作家对人的命运、人类基本情感的关怀，《妹妹》有效地拓展了抗战这一题材的表现空间。

二、客观评价人的抗战

正视历史的复杂性，公正客观地评价人的选择，这是21世纪以来抗战小说对人的再发现。抗战中出现的战俘、汉奸、叛徒等现象关涉到国家、民族立场等话题，但作家们观照到历史也有其复杂的一面，尤其是对军人战俘的尊重是一个重要突破。长期以来，文学作品中的军人形象大多是冲锋陷阵和壮烈牺牲两种，这是宁死不屈、绝不被俘受辱的民族气节，而这种单一的思维范式往往导致简化的写作惯性。何顿的《来生再见》打破了这一惯性，对战争中的人给予写实的深度观照，对被俘的中国军人抗争做出客观的评判。在特定的情境下，投降比抵抗更需要勇气，活着比战死更有价值，只是以前鲜有人去观照这一点。小说详细描写了主人公黄抗日两次被俘时在俘虏营的遭遇，包括他们时时准备复仇的心态，以及脱逃后继续抗日的经过。作家再现了那场战争的艰难，从一个特殊角度写出了将士们坚韧不屈的精神，尤其是写第十军坚守四十七天弹尽粮绝后，几天没吃一粒米，喝的是阴沟水，他们都打算战死沙场。后来，他们执行了方先觉军长的投降命令，因为只有活下去才能实现为弟兄们报仇的愿望。正像黄抗日劝毛领子时所说："你一定要努力活下去，因为日本人还没被我们赶回老家。""是俘虏也得活下去。活着还总有机会，死了也就什么都完了。""假如你想死而死了，你就只能等别人为你报仇了。"① 作家肯定了他们顽强与韧性的战斗精神，这是强烈的生命意识和血性民族卧薪尝胆式的悲壮抗争。小说为丰富抗战文学中关于人的书写做出了有益的开拓。坚持人道主义立场，尊重和理解人的选择，对他们处境的艰难复杂给予同情和理解，增强了小说的温度，丰富了抗战小说的内涵。邓一光的《人，或所有的士兵》聚焦所有被卷入战争的人，战争剥夺了他们的一切，小说描摹他们刻骨铭心的软弱和恐惧，揭示他们在动荡中无可把握的悲惨命运。极端残酷的环境更能解剖战争中的人性，小说重点观照成为日军俘房的军人郁漱石，尽管他有软弱的一面，但一直坚守做人的原则，绝不出卖难友。尤为可贵的是，虽然经历了长期饥饿和极度恐惧的折磨，他仍然极力为战俘们争取哪怕是极微小的权益。小说已经超越了道德和国家民族话语层面，反思战争的罪恶本质，尤其是战争对人类文明戕害。

作家对丰富、复杂历史的书写本身就是对人性的理解和阐释，抗战小说还原到历史中的汉奸抵抗的一面：他们在灾难中不得不暂时屈服，但又没有放弃反抗。陆平（凡一平的《理发师》）不得不为日本人理发，但他用理发刀刺死强奸师傅女儿的日本兵；贾文清（张者的《零炮楼》）在遭受日寇毒打后被迫当上维持会长，但他处处为贾寨人寻求生路；李微（陈昌平的《汉奸》）在刺刀的逼迫下去日军据点教田中书法，他也借机为八路军探听情报来减轻内心的痛苦。作家对这类小人物的刻画包含着同情、悲悯和尊重，无论是来自生命本能的反抗，还是被迫的"服从"，民间以朴素的情感、毫不张扬的民族大义，昭示着民族凛然不可动摇的信念，展现民众这一抗战中不可忽视的力量。

第二节　人的神性发现

21世纪以来，作家站在人的立场对博爱、仁慈、宽容等人道主义内涵中的神性予以认同和肯定，这是对人的再发现。"人在战争中的生存状态、心理状态和精神状态的极端化体验，恰恰是我们理解进入战争本质最有效的切入

---

① 何顿．抵抗者 [M]．南京：江苏凤凰文艺出版社，2013：321.

点。"①人是具有感知和理性的存在，人的行为要么出自本性，要么来自外界的影响，要么就是自己的意志。人的意志的深刻本质就是人的神性，代表着人的崇高与神圣。在第二次世界大战造成的全球性灾难背景下，人具有的"神性"特质指向人精神的圣洁。这是隐藏在人身上的神性。抗战小说从细微之处入手进入历史的真实，揭示战争的罪恶本质，更昭示出战争并没有销蚀掉人的神性，展现人在生死关头爆发出的神性战胜了兽性。此处所指人的"神性"是在战争这一极端环境下，作家对人的生存状态和精神追求的呈现，包括战争难以抹杀的各种感天动地的生命本真镜像，那种不掺杂任何个人欲望的大爱远远超越了人性的本真与自由，这一极致近乎神性，达到人的精神飞升。同时，人具有凛然不可侵犯的尊严，勘透战争的苦难与罪恶，在苦难面前的坚强和大爱成就了他们的神性，人超越了生命存在而具有开创性意义，人性的崇高会筑牢人类开启和平新生活的根基。

一、以德报怨的中国民众

抗战小说揭示出日本人的悲惨命运完全是他们民族导致的，作为被侵略的中国人不但没有对他们造成伤害，反而成为他们的救命恩人，这就是以德报怨的中国人身上的神性。战争使得日本男子（川雄、浩二等）去当兵，女子（和子、秀子等）充当慰安妇，亲人和情人生离死别。中日民间的友情是不能被战争打破的，三甫《遍地鬼子》在战前就被三婆、草草救过，他非常感激母女俩。战争使他再次来到中国，可是没过几天三婆就被日本兵杀害，三甫因杀死了要强奸草草的日本兵，受到军队的惩罚，草草为反抗北泽豪的迎娶自杀。三甫在大山深处得到鄂伦春人格愣一家的收留，他以狩猎的方式终老于此。战争将本是恋人的川雄与和子分开，他们或被中国百姓收留，或被抗联部队拯救并照顾。川雄从兵营逃出，但和子却在日本人的追杀下投水而死，一对恋人的悲剧是罪恶的战争造成的。海飞的《回家》中被俘的山炮

---

① 孟繁华.战争本质的国族叙事与个人体验——中国、西方战争文艺"历史记忆"的差异性 [J]. 山东社会科学，2006（4）：66.

手香河正男看到游击队长以命相救，陈岭北又一直保护自己的安全，他深受感动并开始改变了敌对态度。他的恋人植子在来信中质问那些被斩杀的中国人有死罪吗，这更激起了他反省日军的罪行。危急时刻，香河正男跪着枪杀了要杀死陈岭北的日军。人间大爱完成了俘虏心灵的救赎，蕴含人道主义精神和人类情怀。在抗战题材中，小说《音乐会》具有重要的里程碑意义。其主要原因之一是对人的神性揭示。小说写整个抗联十六军最后幸存下来的是两个异国少年，这是全体将士前仆后继、舍命保全下来的，这就是人身上的神性光辉。金英子在日寇残暴地杀害了妈妈，让狼狗吃掉弟弟后，仍然用生命保护日本俘虏松下浩二，她不能忍受悲剧再发生，抛开了国家和民族间的仇恨，极力爱护人的生命。与金英子的善良与博大构成强烈对比的是日本侵略者的凶残：放狼狗撕扯孩子、吃掉活着的年轻女孩等暴行。对于人来说，比肉体的毁灭更致命的打击是心灵的摧残。作家以人道主义的悲悯情怀揭示了战争造成日本人的人性扭曲，战争将人变成了兽。这是人类的悲剧，会被永远钉在耻辱柱上。

《音乐会》超越了以往战争文学对生命的感悟，让读者在主人公悲惨的境遇中体会到生命的价值与人性的伟大。作家以独特的叙事视角、情感经验、书写方式对人类灾难进行审视，进而提供了解读人性的历史镜像和认识高贵的神性精神代码。浩二只是一个14岁的患有癫痫的孩子，他被叔叔送上战场，他只想回去与姐姐团聚。在山洞里，赵玉珠阿姨用乳汁救活了他，抗联还接纳了他为战士。浩二受到灵魂的洗礼，关键时刻放弃回国的机会，主动要求以战俘的身份换回了副军长汪大海；在狼谷又竭力保护了金英子。他战后坚守誓言，在生命垂危之际只身逃出精神病院来到中国兑现六十年前的诺言。马路的报告中声称松下浩二应享有作为抗联老战士应享有的尊敬和权利，如在中国的居住权、探亲权、旅行权等。这是对历史的尊重，也是对人的尊重。在残酷面前，金英子不失去生活的勇气和对音乐的梦想，对生的执着也是对牺牲者生命的敬重，对弱者的怜悯和救助，即使是在身处绝境之时，也坚守自己人的尊严绝不沦落为野兽。金英子六十年的痛苦是因为她怀疑自己在独处狼谷神志不清时吃过人肉，日寇将她变成吃人的兽，这都是她身上至臻的神性昭示，战争的血腥残酷展现悲壮之气，也再现了至暗时刻人性的光辉。

二、超越生死的道义

在抗日文学中，21世纪以来的东北抗联小说中展现了人在生死面前所体现出来的神性。朱秀海的《音乐会》不仅超越仇恨，超越生死，还以人类正义的情怀来思考和反观战争中人的罪恶，深切的人类情怀大大提升了小说的主题和美学品质。面对着死不改悔的中井弘一叫嚣着如果有来世，他从踏上大陆开始"见一个杀一个"，"杀光你们的子孙""让这块土地上一个中国人和朝鲜人都不留！"金英子义正词严地回击道："如果还有来世，如果还有下一次，你们还是赢不了。因为你们不是人，你们只是一群嗜血的野兽！只要世界还是人的世界，你就休想真正踏上大陆，霸占中国和朝鲜的土地！"[①]金英子经历残酷的抗联斗争九死一生，她能够幸存下来并在其间深刻地感受到人的神性光辉。对于战争恶魔的叫嚣，她最有资格给予其致命的回击。阎欣宁的《中国爹娘》彰显了中国人民心中的大爱，在一定程度上，他们超越国家、民族和种族的界限，没有限于狭隘的国家民族主义，不以简单的是非判断去对待历史问题，而是关注人的生命，无条件地给予爱与慈悲，接纳并养育弱小者，这就是人可以战胜一切邪恶的神性。杜鹃等深受日寇残害的中国百姓，在艰苦的条件下承担起收留、抚养日本遗孤的责任。与日寇的兽行相比，这种大爱来自民间的最为朴素的观念：我们是人，不能像野兽那样对待人，哪怕面对野兽的时候。小说在生生不息、众生平等的宇宙精神中实现了灵魂的飞翔，中国民众失去亲人，他们却收获了心灵的神性——坚忍、圣洁，这更加显示出人性的高贵，这就是中国人身上伟大的神性！

继《伪满洲国》之后，迟子建的《炖马靴》通过人的极端体验探讨战争中的人性，小说以与狼共舞的特殊方式对战争进行了审视。凸显危急存亡之际人的崇高神性。作为火头军的父亲在艰苦的抗联斗争中总是给一匹瞎眼的母狼投食，尽管战友劝他说狼是喂不熟的。一次寒冬腊月袭击日军失败，他

---

① 朱秀海. 音乐会 [M]. 北京：团结出版社，2020：803.

撤离时迷路，在饥寒交迫中，他没有吃毙命的敌人，而是将敌人的马靴架火煮熟，并分给瞎眼狼母子，以免狼吃掉死尸，最后火葬了敌人，满足了他的愿望。凶猛的狼也懂得知恩图报，瞎眼狼一直叼着儿子的尾巴，不让它伤害到恩人，并将父亲领出了迷途。父亲每次讲完故事都感叹"人呐，得想着给自己的后路，留点骨头！"①这骨头就是人永不失去的高贵神性！战争不单是个人、阶级、民族、国家的灾难，更是人类的灾难。小说深入地挖掘沉潜在抗战历史中的民族文化魂魄，这也是中华民族生生不息的根源。战争的残酷不能泯灭人性的善良，普通人身上的神性昭示着人类文明进步，在巨大的反差与矛盾中产生了强烈的震撼。21世纪以来的抗战小说超越国家、民族的界线，走向世界文学并凸显伟大的人类情怀。跨越了仇恨的樊篱，将自我与整个人类融为一体，只有神性的大爱才能使生命朝气蓬勃地延续。这是新世纪抗战小说中的亮色，也是超越灾难寻找到的精神救赎之路，抗战小说拓宽了观照视野和审美空间。

第三节　以人类的名义反思战争

以人类的名义反思战争成为21世纪以来抗战小说重要观念，作家把抗战置于人类共同命运背景下予以审视，反思不仅包含着历史，而且关涉到未来，抗战小说的反思首先体现在警惕战争、拒绝遗忘上。何顿的《抵抗者》封皮上赫然写着："他们是过去对侵略的抵抗者，同时也是现在被遗忘的抵抗者！""他们在中华民族最孱弱和自己最无奈的时候，付出了很多，却没有得到应有的尊重。"②抗战小说与灾难相关，但其书写不是为了记录战争和渲染苦难，而是透过战争的残酷、血腥来张扬一种人的尊严与生命平等权利。

---

① 迟子建.炖马靴：短篇小说30年精选[M].桂林：广西师范大学出版社，2019：29.
② 何顿.抵抗者[M].南京：江苏凤凰文艺出版社，2013：3.

一、作家的触摸与追问

基于各种原因，抗战文学作家触摸到这段历史的真实，也正是因为走进并深入其中，背负着历史责任感的作家们敏锐地感知并挖掘战争背后人祸的因素；人民反抗的艰苦卓绝历程和伟大的人道主义精神，战争以其残酷性和反人性的罪恶带给人类无尽的创伤，越是接近抗战历史的真实，作家就越无法平静，触目惊心的真实把人折磨得疯狂。南京大屠杀史实让何建明发出仰天俯地的十问；张纯如无法摆脱人生魔障，以死了断；朱秀海在战栗中写出《音乐会》，十八年间经历三个版本的修改。战争不仅对人诉诸肉体的毁灭，还以极端的方式对人的精神进行绝对的虐杀，被军国主义毒害，失去人性的战犯，其言行令人震惊。被俘的日军战地记者高月保（《回家》）本来是一个连枪也拿不稳的人，却狂吼"杀光中国人"，"在后撤中不时地开枪还击"，高喊"圣战万岁"；而被击毙的杀人魔鬼船头正治，原本是以种菜为生的孤儿，被抓去当兵，成为杀人恶魔。理性、人性与战争的对立，强化了正义与和平的价值，也增加了反思战争的理性维度，此恨绵绵无绝期，日本侵略战争给中、朝两国人民带来深深的伤害，也给本国带来沉重的打击。这种创伤是经由金英子到马路进行代际传递的，而这种不悔罪也在浩二之子身上延续着，他的行为足以看出一些日本民众的态度。小说从讲述者金英子和调查者马路的视角来反思战争，这不囿于个人、民族、国家的角度，而是经由人类对抗卑劣的兽性而进行的生存观照。

客观上说，无论怎样书写抗战，我们对受害历史的认识都不够。历史无可回避，反思历史就要尊重历史，只有牢记历史的创痛，保持绝对的警醒，反思历史，才能吸取惨痛的教训。只有这样才能促进反思的深化。如果说超越胜利者的骄傲与豪情是抗战小说反思的开始，那么在表现民族精神的同时，只有深刻反省战争中民族性格的扭曲才能使得悲剧不再重演。诸如战争是怎么发生的，抗战为什么如此艰巨，作为民族和个体是否应该深入反思民族的劣根性等，21世纪以来的抗战小说在捍卫抗战的正义性、合理性前提下，对被侵略及长达十四年的抗战等进行了集中而深刻的反思。在表现民族精神的同时，作家们直面民族的种种劣根：周梅森的《国殇》《事变》《焦土》等小说对不顾民族危亡而争名夺利的可耻行径予以无情的批判；徐贵祥的《历史的天空》、都梁的《亮剑》、许开祯的《独立团》、何顿的《抵抗者》、石钟山的《残枪》等揭示出联合抗战的艰难及两党复杂而严峻的关系；何顿的《抵抗者》不仅表达了"落后就要挨打"的历史审视，还揭示了国民党增援部队隔岸观火、保存实力的腐败。国共两党联合抗战不利造成了重大牺牲，由此带来抗战的长期性、残酷性都是作家要表现的。战争的血腥是身处和平年代的人无法想象的，历史留下的深刻教训靠尊重历史的人来传达。朱秀海的《音乐会》揭示侵略国的不悔罪带来的人性缺失后果：战争危险依然存在。都梁的《狼烟北平》形象地说明虽然战争已经结束，但要使悲剧不再上演，就要使自己强大起来。抗战结束了，但对抗战的评判和反思永无止境，辛实的长篇小说《雪殇》迟子建的《伪满洲国》等暴露了我们民族的精神顽疾，如民族尊严的缺失，精神上的懈怠、唯利是图、自私狭隘等的危害，而程斌等人的叛变都是意志不坚定、民族气节缺失的体现，这些是造成杨靖宇等将军领导的抗联陷入绝境的重要原因。作家坚守自己的责任，在反思历史的悲剧，捍卫国家尊严和人类的平等方面，显示出足够的勇气与格局，通过文学教育功用来疗治与根除我们民族的精神病灶。

二、人类命运的深切忧思

抗战小说作家以深沉的人类情怀，在更广阔的人类视野中，关注人类的生存发展，凸显了人类命运共同体意识。"'人类命运共同体'意识主要是从国际关系和世界发展着眼阐发的基本理念，但经过几年来的不断阐释和世界大势的新变化，它越来越成为对当今人类社会所面临问题的全面思考，已构成一种新的世界发展的整体性概念和文明价值观，因而也就具有对包括文学研究在内的所有领域的引领意义。"[1]作家首先具备了这种意识，揭示出维护和平、伸张正义、追求自由，是人类共同的福祉，这也是抗战题材书写的最终

---

① 张福贵. 当代中国文学研究话语体系的建构 [J]. 中国社会科学，2019（10）：58.

目的。作家超越一般意义的人类文明观，将人的生命权看得尤为重要，将人的平等上升为一种人类共同的尊严。这些小说对历史的反思，经由特定历史时期将我们带入对人类命运的终极关怀，因而具有历史的厚度、精神的深度、人类的高度。

展现战争带来的灾难性后果，就是反对战争、呼吁和平的精神立场。书写大历史中的小人物的劫难，作家采用的个人话语是人的意识觉醒的表现。朱秀海的《音乐会》，石钟山的《遍地鬼子》等，描写普通人特别是女人和孩子在战争中的悲惨遭遇，深刻的揭露侵略战争的罪恶，作家以独特的视角揭示抗战的残酷性与反人类性，借助具体的人物形象表达了特定的反战思想。抗战是中国人民反抗日本侵略的斗争，这在伦理层面无疑是正义的战争，也是作家在救亡的大矛盾中做出的重要评判。值得关注的是，何顿的《抵抗者》中揭示了另一种历史的真实。在一次大战中，四连五个伤痕累累的幸存者都很厌倦这场没休止的战斗。他们都已做好自己战死在阵地上，尸体腐烂并融入地下的准备。在战争的间隙，他们忘记了隆隆的炮声，开始讨论下辈子要变成什么。黄抗日说"我只愿变成一只鸟"，"我什么都不想杀了，我只想远离战争，远离杀人"。[①] 被俘后，在掩埋战死的国军将士时，黄抗日"扔下一具腐尸，就默祷他的下一世变鸟永远飞离战场"。[②] 后来，他们宁可死在自己飞机猛烈射来的子弹下，也不愿当俘虏，遭受日本人的蹂躏，有的人临死前脸上还漂浮着微笑，官兵都默默地跪着为死去的弟兄超度，希望他们死后变成鸟，飞离人类的贪婪和屠杀。战争对任何人来说都没有真正意义的胜利，无论结局如何，代价都是沉重的。正像何顿说自己写《抵抗者》"旨在反战"一样，对于抗战历史的"任何美化都是背叛，所有生存皆为侥幸"，邓一光的小说《人，或所有的士兵》文前赫然写着"远离战争，无论它以什么名义"。[③] 无论如何，战争对于个体的人来说是与死亡相伴，是一种剥夺和伤害。这是

---

① 何顿.抵抗者[M].南京：江苏凤凰文艺出版社，2013：305.

② 何顿.抵抗者[M].南京：江苏凤凰文艺出版社，2013：333.

③ 陈泽宇.《人，或所有的士兵》：理解战争，理解文明——邓一光《人，或所有的士兵》研讨会在京举行[DB/OL].http://www.chinawriter.com.cn/n1/2020/0106/c403994-31536738.html，2020-01-06/2020-12-18.

对战争的厌弃与批判，对人的生命权的尊重，也是对狭隘民族主义的反驳。

21世纪以来有关抗战小说的书写，已经由原来的国家民族话语书写、社会个人话语书写转向人类话语，由《音乐会》《炖马靴》等文本构成的这一话语，显现出了自身的认知价值体系和审美表达方式。作家对抗战所作的反思，尤其是对日本人反战思想的揭示是很深刻的。田中（陈昌平的《汉奸》）是个复杂而又饱含人性内蕴的人物，他是侵略者，也是反战者，日本投降后，他平静地说："我终于可以回家了，知道吗？为了回家，我甚至希望自己负伤，丢一只胳膊，甚至断一条腿……现在好了，战争结束了，我终于可以回家了。……建设才是我的本行，而军人对我就是一个角色，我不喜欢这个角色……"① 对于他来说，军人的角色是很蹩脚的，被迫的。日本军官羽田（迟子建的《伪满洲国》）爱的恋人被强迫做慰安妇，这使他更加厌恶战争。小人物更不能摆脱悲剧的命运，作为开拓团成员，中村正保被分配一个中国姑娘做老婆，这拆散了张秀花的姻缘，她因此仇恨中村，拒绝和他生孩子。中村对她百依百顺，哪怕生的女孩不是自己的，他都百般疼爱。后来张秀花还是亲手害死了儿子，终因难以承受的痛苦而精神失常，跑入草甸子被狼吃掉。中村陷入悲痛不能自拔，因为侵略者的身份，他想要过正常的生活却得不到。如果没有侵略战争，这样的人伦悲剧就不会发生。消除战争冲突是全人类共同面对的问题，中国抗日战争的胜利证明任何损害人类命运共同体的行为最终都是要失败。但战争给人类造成的创伤是永远无法消除的。战争的毒瘤肆虐是对人性的侵蚀，战争的创伤不仅刻入了被侵略国人民的心理，同时也给侵略国人民带来无尽的伤痛，因此创伤治疗永远不会仅是一个国家的问题，而是与人类的命运紧密相连。

21世纪抗战小说用思想和审美来构建人类命运共同体，以历史记忆形象地昭示世人，战争对所有国家的人民来说都是灾难。集体记忆是由诸多的个体记忆构成的，"小说对普通人日常生活的深切关注，似乎依赖于两个重要的基本条件——社会必须高度重视每一个人的价值，由此将其视为严肃文学的

---

① 陈昌平. 汉奸 [J]. 人民文学，2003（8）：26.

合适的主体；普通人的信念和行为必须有足够充分的多样性，对其所做的详细解释应能引起另一些普通人——小说的读者——的兴趣"，[①] 由此可见，21世纪以来的抗战小说注重历史中的普通人物的生活，强化了个体历史记忆，对人类侵略和屠杀的历史予以文学确证和深刻反思，作家为战争的人类性反思建立起跨越隔阂、救赎苦难的桥梁。

　　21世纪以来，抗战题材的小说呈现出明显的变化。作家对这段历史的重新触摸，反思战争对人的戕害，对"人"的再发现成为20年来抗战小说的重要思想资源。作家还原了小人物的抗战，这是对人的再发现，也是对抗战的一种阐释。公正客观地评价复杂历史中人的选择，这也是人的再发现。战争并没有销蚀掉人的神性，作家站在人类立场，充分肯定博爱、仁慈、宽容等人道主义内涵，这是对人的再发现。在生死的关头，人性中的神性战胜了日寇的兽性；他们的坚强和大爱成就了神性，人性的本真和对自由的向往让他们跨越了仇恨的藩篱，超越灾难寻找到精神救赎之路。在捍卫抗战的正义性、合理性前提下，作家对抗战进行了集中而深刻的反思。小说直面国民劣根性的一面，揭示了国民党隔岸观火及联合抗战不利造成的牺牲；揭示人们的健忘及侵略国的不悔罪带来的战争危险等。21世纪以来作家书写了维护和平、伸张正义、追求自由的人类情怀。

---

① [英] 伊恩·P. 瓦特. 小说的兴起 [M]. 高原，董红钧译. 北京：生活·读书·新知三联书店，1992：62.

第五章

被忽视的一脉：论东北抗联儿童形象的塑造

　　战争给人类带来了灾难，尤其是战争环境对儿童的生存造成极大的挑战，因而表现儿童在战争环境下生活状态的小说是儿童文学的特殊组成部分。抗日战争时期，"在中国共产党的领导下，从东北的长白山黑土地到晋西北莽莽的黄土高原；从山东沂蒙山区到苏北芦荡湖河；从陕甘宁边区到晋冀鲁豫的抗日根据地，到处都活跃着抗日儿童团员们的身影。据统计，到1940年，陕甘宁边区约有7万名儿童团员，苏北解放区约有18万儿童团员和少年队员，华北抗日根据地约有60万儿童团员，他们是当时抗日儿童团的'主力军'。[①]以这些人物为原型的抗战题材儿童文学经典之作广为流传，典型的抗战题材儿童小说都成功地塑造了英勇无畏的"红色经典小英雄"形象，揭示他们的成长经历，呈现出浓郁的时代生活气息，再现了英雄成长的本真状态。这些形象所体现的爱国主义和革命精神，伴随着一代代人的成长，他们也成为读者成长时期崇拜的英雄。读者耳熟能详的经典小英雄包括徐光耀的《小兵张嘎》中的嘎子，李心田的《闪闪的红星》中的潘冬子，华山的《鸡毛信》中的小团员海娃，《黄河少年》中的赵燕翼，刘真的《我和小荣》（后改编成电影《小伙伴》）中主人公12岁的小荣，李心田的《两个小八路》中的孙大兴、武建华等。可以说，红色小英雄形象的塑造是特定时代创作者思想观念和审美心态的集中体现。21世纪以来的抗战题材儿童文学超越了以往革命历史叙述模式，回归到儿童本位，对儿童在战争中遭遇的灾难和抗争给予充分的观

[①] 马光复．没有"小"英雄，哪有"大"英雄？——〈小英雄雨来〉及其现实意义[N]．文艺报，2021–06–23（003）．

照。曹文轩的《火印》，殷健灵的《1937·少年夏之秋》，李东华《少年的荣耀》消解了小英雄叙事，展现普通孩子眼中的战争，这一视角对战争进行了独特的呈现。孩子就是孩子，他们身上展现出战争的创伤和灾难性后果。孩子虽不能决定战争的胜负，但决定着自己的立场，尤其是在血缘和正义的取舍方面，毛芦芦的《如菊如月》就做出了回答，如菊是日本人的私生女，被中国郎中收养，她的养父母在日寇投放的鼠疫中悲惨死去，她宁死也不认作为侵略者的亲生父亲，得救后参加抗战。吕庆庚的《小砍刀的故事》(《小砍刀传奇》)中的"小砍刀"，邱勋的《烽火三少年》中的冬梅、石头、留孩。这些都是抗日题材的儿童文学佳作，显现21世纪以来抗战儿童文学的高度。

　　抗日题材儿童文学形象谱系中还有重要的一翼——东北抗联题材的儿童形象。遗憾的是，这些作品往往被人们忽略了。目前，东北抗联题材儿童文学的代表作有1965年的周保中讲，南新宙记的传记《抗日小英雄姜墨林》，东北抗联题材的儿童文学唯一一篇被列入抗日小英雄儿童文学经典读本的是1993年颜一烟的中篇小说《小马倌和"大皮靴"叔叔》，小主人公小江是地主家的小马倌，因反抗地主的残害而跑到了深山老林，后来加入了抗日联军。在以"大皮靴"叔叔为代表的抗联亲人的教育引导下，他由原来的被剥削压迫的"小马倌"逐渐成长为一名机智勇敢的小英雄。此后具有代表性的东北抗联小说有：1995年陈风的长篇小说《抗联的后代》，2004年曾广贤的长篇小说《抗联的孩子》，2006年郭相声的纪实文学《抗日小英雄何畏》，2012年薛涛的长篇小说《满山打鬼子》，2013年薛涛的长篇小说《情报鸽子》，2015年肖显志的长篇小说《天火》。刻画的小英雄有姜墨林、何畏、袁冲子、明子、李铁岩、高玉柱、王金锁、孙玉霞、满山、黄毛等，这些形象活跃在东北抗联文学中。

第一节　抗联小英雄的谱系：从英雄到小英雄

　　东北抗联题材儿童小说着重表现抗联小英雄如何从普通的儿童成长为拥

有坚强意志的抗联战士，其中最为重要的转变就是个人意志向民族、国家意志的转化，树立为国为民的家国情怀，将自我融入共同抗日的斗争中，这种认识的觉醒是抗联小英雄成长的内在精神动力。小英雄的塑造经历了一个由"英雄"到"小英雄"的变化，更贴近人物真实。

对于普通的儿童来说，他们的关注点更多在于自身，是从"我"出发的，这样的认知特点表现出儿童独有的天真稚气。但作为抗联小英雄，他们在残酷的斗争中认识到个人与国家命运是紧紧相连的，加入抗联积极抗日才是他们共同的追求。通常抗联儿童小说以小英雄的成长经历树立典范，通过一个抗联小英雄的经历展开叙述，突出小英雄聪明勇敢、坚贞不屈的特点，从儿童英雄群体塑造中彰显出中华民族顽强抗争的精神。

一、人小仇大

东北抗联儿童文学中揭示了日寇侵略带来的灾难造成了相当数量的孤儿，日寇烧杀抢掠下的生存的艰难以及动荡流亡过程中人的死亡，这就是东北抗联文学中有很多孤儿形象的原因，在东北抗联文学中孤儿成因大概分为两种：一种是战争孤儿，他们的亲生父母以及亲人因为反满抗日而被侵略者杀害，他们成为无家可归的孤儿。他们被好心的乡亲收养，更多的则是被抗联队伍收留，带着他们在冰天雪地里顽强地与日寇浴血奋战。这类儿童往往亲眼看见了亲人被杀后，表现出对侵略者刻骨的仇恨和强烈的复仇意愿。朱秀海的《音乐会》中的金英子，《抗联的后代》中的周冲子和明子两兄弟，他们在目睹母亲、弟弟、爷爷等被日本人残忍杀害的过程后，一心想要复仇，在无家可归的情况下，抗联的叔叔、阿姨们收养他们，他们也在为抗联部队充当密探、运送枪支，与汉奸斗智斗勇，帮助抗联部队抗击日本人，以这种方式不断地复仇。

东北抗联儿童文学中还有另一类孤儿形象，因为日本的侵略，他们承受着流亡动荡之苦，他们没有一个安稳生活的场所，只能四处流浪。衣不蔽体、食不果腹成为他们的生存常态，幼小的他们忍受着寒冷、饥饿、疼痛顽强地生存。贾淑云的《密营里的孩子》中的孤儿小嘎，披着一块破麻袋长到九岁，从来没有穿过一件像样的衣服，他是靠着吃野菜、睡山岗、讨饭顽强地活着。肖显志的《天火》中的黄毛住在破庙中，靠要饭为生。他们无时无刻不在死亡线上挣扎。顾笑言、赵晓亚、贺兴桐的电影剧本《战火中的童年》中的三个抗联"小战士"铁子、丫蛋、文文为了保护抗联遗孤、襁褓中的婴儿"小石头"，只能烤自己的靰鞡（鞋子）、挖野菜、掏鸟蛋来充饥，他们四处躲藏以从敌人的追杀堵截中脱险。本该处于被呵护的年龄阶段，这些孤儿面临着严酷的生存挑战，还要保护一个小婴儿。这种国恨家仇促使他们在战争中迅速成长，铁子为保护母鹿而牺牲。

　　人小仇大促使儿童走向抗日斗争。1965年出版的《抗日小英雄姜墨林》（周保中讲，南新宙记）除了主人公年纪小之外，更凸显了他的英雄行为是源于从小父母双亡，他刚满11岁，就加入中国共产主义儿童团。姜墨林靠着自己的聪明伶俐、机智勇敢出色地完成了组织交给他的各项任务。他13岁参加游击队立战功，雪岭歼敌展英勇；14岁当上小队长，他已经把抗日复仇的朴素愿望变成了抗日救国的实际行动。在日寇围追堵截最危急的关头，姜墨林命令剩下的战士撤退，自己留下来作掩护，为确保剩下的两名战士成功脱险，他壮烈牺牲。此时的创作注重儿童文学的教育和引导功能。《抗日小英雄何畏》中突出小英雄坚定的抗日决心，李延禄军长询问何畏为什么要加入抗联时，何畏回答："军长，这不明摆着嘛？打鬼子呀，不当亡国奴……"[1]对于抗日小英雄来说，抗击日本军队既是对敌人非正义的侵略行为的反抗，又是内心热爱祖国情感的显现。在《抗联的后代》中，袁冲子为了给爷爷报仇，用弹弓打伤了日本军官，这种行为却导致了另一个无辜孩子李力的死亡。由此冲子痛彻心扉地领悟到"报仇，也得分分报的啥仇。光想着报自己家那丁点小仇，出口怨气，那叫没出息。咱靠江县哪天也有十个八个百姓死在鬼子手里，全东北的老百姓，都在遭难。这是民族仇，是大仇。咱报仇，就是要报这个大仇！……"[2]此时，冲子在思想上已经从狭隘的报私仇中走出来，认识到要为

---

① 郭相声.抗日小英雄何畏 [M].哈尔滨：哈尔滨出版社，2006：49.

② 陈风.抗联的后代 [M].天津：百花文艺出版社，1995：100.

更多的人报仇雪恨，他的行为已经从个人私仇上升到为民族国家的抗日斗争，小英雄个人也在成长的过程中达到了更高远的追求。

二、人小"鬼"大

东北抗联儿童文学中的小英雄形象有着较为明显的共同特征——人小"鬼"大。东北抗联文学中的儿童形象塑造，凸显出尽管他们是孩子，但残酷的现实让他们不再仅仅是"被保护"的孩子，而是抗联部队的成员，他们积极承担起抗日救国的重担。他们身上表现出巨大的抗日热情，鼓舞感染着身边的人一同抗日。《抗日小英雄何畏》中的何畏作为儿童团团长，领导村里的孩子一起给抗联部队"侦察敌情、站岗放哨、防止特务来侦察我们的情报"，①积极配合抗联队伍完成抗日工作。《抗联的后代》以冲子为抗联部队运送枪支为主要故事线索，描写了抗联战士勇敢机智，书写出他们抗争生活，将小英雄冲子兄弟俩的成长集中在一次为抗联送枪的任务中来表现，包括两次运枪、三次起伏：虚晃一枪，计谋落空；不慎被绑，严刑拷打；兰屯借兵，智斗三恶霸；这些情节把冲子面对敌人时的机智反应、勇敢的周旋、完成任务时候的兴奋等细致地描写出来，体现出冲子在战争中日渐成熟，他不仅考虑到完成运枪任务，还借机利用计谋消耗敌军力量。山里警察中队和伪军中计后疯狂开火，双方伤亡惨重。作家运用大量能够体现小英雄性格特征的细节进行刻画，这样的呈现使得人物形象真实鲜明。《抗联的孩子》中柱子、铁子与锁子一起救助抗联战士"小个子叔叔"，既是对敌人非正义的侵略行为的反抗，又显现出内心迸发出的热爱祖国的情感。

值得关注的是，抗联儿童在抗联的队伍中接受了教育，他们开始了主体意识觉醒。《秘营里的孩子》讲述一群因战争而聚集在一起的孩子，他们中有地主家的孩子、童养媳、朝鲜族抗联烈士的遗孤、从煤矿逃出来的小童工，还有流浪的孤儿，他们之前生活与地位千差万别，而战争促使他们相遇，在抗联队伍中感受到关爱，迅速成长。他们从开始的互不了解、疏远隔膜，到

---

① 郭相声. 抗日小英雄何畏 [M]. 哈尔滨：哈尔滨出版社，2006：16.

最后相依为命、情同兄妹，这种互相支撑的关系成为重构家庭的心理基础，而自我也在这种关系中完成重建，他们不再无助孤独的独自生存，而是在"互爱"的环境中成长。童养媳大嫂为孤儿小嘎做衣服，大家一起瞒着朝鲜孤女顺玉她父亲已经牺牲的噩耗、经常与锁子吵架的胖墩最后为了保护锁子而死。在残酷的战争环境中，他们之间的情谊已超越了普通的感情，升华成超越友情夹杂亲情的新型关系，他们虽然年纪小，但绝不做亡国奴，他们在这种相互扶持的亲情关系中迅速投入顽强抗击日本侵略的斗争中。

三、人小志大

客观上说，纯朴可爱、机灵顽皮的孩子在一定程度上增加了东北抗联文学的现实色彩，但这却不是革命喜剧，而是一以贯之地呈现出故事的悲剧性，孩子的牺牲悲壮涂就了作品的主色调。与王二小、李爱民等被敌人被刺刀杀害的孩子相比，东北抗联儿童面对的环境更残酷，正如歌谣中所唱的"地大的炕，天大的房，野菜野果是食粮"。[①] 冰天雪地、山林荒野成为他们生活和战斗之地。作家没有规避掉残酷与血腥，从而凸显典型的英雄形象。在叙述儿童成长过程时，作家没有脱离抗日题材的儿童文学大都采取"纯真幸福的童年生活——日本侵略使家破人亡——抗联收留成为小战士"的叙事结构。作家凸显了东北抗联儿童们迅速成长，在重要战役中发挥关键作用，他们悲壮地牺牲呈现出了小说现实主义悲壮的美学特色。

抗联小英雄体现出勇于反抗、宁死不屈的坚强品质。面对比自己强大的日本侵略者和反动势力时，抗联小英雄身上展现出强烈的反抗性，他们为了正义和热爱的祖国，与日寇进行殊死搏斗，表现出永不服输和宁死不屈的信念。"英雄"形象的塑造显现出顽强意志力下人的精神力量，他们是人类的终极追求，被寄予美好高尚的精神意旨。小英雄面对的都是极为凶险的环境，他们的每次行动都是与死亡同行。面对残暴的日本侵略者和伪军，力量悬殊并没有使他们放弃斗争，反而激发他们更为强烈的反抗意志。《抗联的后代》

---

① 贾淑云. 密营里的孩子 [J]. 戏剧文学，1991（Z1）：61.

中铁子被伪军捉到后逼迫他说出红胡子的下落，为了拖延时间，让抗联战士逃脱，铁子闭口不谈，"只见铁子站在街当腰，嘴角往外流血。一滴一滴落在赤裸的肚皮上。"① "铁子站在那里仍不开口，大肚子蝈蝈耐不住性子了，折了一根树条，朝铁子光脊梁抽了一下子。铁子紧闭着嘴不哼也不叫，连一滴眼泪也没掉。"② 面对身体的疼痛，铁子没有动摇，反而表现得更为顽强，还原了抗战中儿童英雄的真实样貌。

东北抗联儿童文学中的儿童已经摆脱了自身年龄的限制，他们以抗联英雄为榜样，少年壮志冲云霄，舍身赴国难，成为儿童文学中浓墨重彩的所在。这类小英雄形象最为典型的是《抗日小英雄何畏》中的何畏，他为掩护部下安全撤退而被被炸断双腿，由于失血过多陷入昏迷而被俘。敌人为了逼迫他说出抗联部队的下落，对他进行了惨无人道的折磨：上烙铁、钳指甲、灌辣椒水等。那些成人都难以承受的酷刑却没有使小英雄出卖自己的抗联部队，他最终壮烈牺牲。抗联小英雄何畏身上表现出英勇无畏、视死如归的英雄气概。他不仅在战争中英勇顽强，被俘虏后，在面对敌人的威逼利诱，在生理与心理的双重考验下，他仍旧坚强不屈，以生命为代价书写东北抗联儿童斗争的史诗。其他东北抗联儿童文学中的小英雄们，如冲子、铁子、柱子都是经受过了严刑拷打。抗日战争的胜利也有这些小英雄的英勇斗争的推动，东北抗联儿童文学以其特殊的样式展现了这一历史真实。

第二节　情感触摸：还原儿童本性

从上面论述可以看出，东北抗联题材的儿童文学要在儿童视角下展示战争，一个回避不了的问题就是战争带来的暴力、血腥、杀戮等灾难，这是中华民族的苦难，也是孩子们必然面对的劫难，"要把故事讲得不刺激感官却能震撼心灵，要把最强烈的仇恨和最残酷的死亡消解在温情的叙述之中。"③ 这

① 曾广贤.抗联的孩子 [M].长春：北方妇女儿童出版社，2004：171.
② 曾广贤.抗联的孩子 [M].长春：北方妇女儿童出版社，2004：172.
③ 陈香."抗日红色少年传奇"：如何书写抗战儿童小说文本 [N].中华读书报，2018-12-

就是一个巨大的挑战。东北抗联儿童小说还原了儿童视角下的抗战，体现儿童思维逻辑，儿童眼中的残酷战争与成人世界是截然不同的，儿童活动是离不开游戏的，这契合儿童的心理需求。抗联题材儿童小说的创作还原了儿童的心理，"零距离"的呈现他们聪明伶俐又带有儿童的游戏性，营造出一定程度上符合东北儿童心理特征的主观世界。

一、天真善良的本性

东北抗联儿童文学对小英雄英勇战斗的书写，在心路历程、言行上都符合儿童内心世界。战争与儿童本来就是错位的，孩子是被席卷进来的。但战争并不能剥夺儿童与生俱来的天真、单纯、好奇、莽撞、恶搞等心理特征，他们的世界中不能理解战争。薛涛的《满山打鬼子》在主人公塑造方面彰显他还原儿童本真的创作追求。作为一个孩子，满山根本不懂得战争的残酷、侵略的罪恶和杀戮的血腥。日本鬼子招惹到他是只是因为抢走了他的蝈蝈笼子。于是，他开始了以自己的方式对鬼子进行报复，包括用松脂把日本人的票房烧成窟窿，用草人迷惑日寇，让敌伪双方恶战、用弹弓打日本人……这些根本算不上是小英雄的抗日斗争，客观上说纯属于孩子式的各种报复行为心理，而不是他主观上的抗日行为。直到最后，满山是在"汉奸"舅舅的恳求下，才答应接受给抗联送去急需药品和情报的任务，从此就在抗联队伍中打鬼子。满山非常崇拜骑着高头大马的抗联司令杨靖宇，想要像杨司令那样威风凛凛地拿着盒子炮，这也是作为男孩子本然的心理，是真正的孩子的表现。

孩子的善良在满山身上非常典型地体现出来。满山为了证明自己抗日而不断以自己的方式打击日寇，他尾随着一个喝醉了的日本兵，看着日本兵给儿子买的陀螺。听着磕磕巴巴的陈述"等战争结束了带回日本送给儿子""给儿子买的礼物一定要付钱的。"日本兵付完钱，摸着陀螺突然哭了。[①]满山内

05（016）.

① 薛涛.满山打鬼子[M].贵阳：贵州人民出版社，2013：40.

心感动放弃报复，他把挪开的椅子又放回了原处，日本兵继续哭着唱着悲痛的歌声。他捂着耳朵跑开了，不解其意的李小刀在后面喊他："满山，你果然是个孬种！"后来满山用稻草人竖在车站迷惑日军，使得双方误伤并炸死日本兵。当满山看到那个买陀螺的日本兵死掉了，他内心产生了波澜，先前的激动荡然无存；满山想起了日本兵给儿子买的陀螺：

他一死，不能回家了，不能把陀螺带给儿子了。对那个日本男孩来说，爸爸死了，是一件伤心的事情。他只知道爸爸死在中国，肯定不知道爸爸还给他买了一个陀螺。那东西很好玩的。

他是个不错的爸爸，他要是在日本家里跟儿子玩就不会死了，他能活很大岁数活到能给孙子买陀螺。①

虽然满山没有认识到那个日本兵也是个被裹挟到战争中的受害者，但是满山能在日本兵酒后坦露出来的话中感受到他的迷茫、痛苦和无助。他的死引发的是满山对失去父亲的孩子的同情，战争的罪恶造成这样的悲剧深深伤害了两国人民。满山对日本军犬大勇作的救助完全出于孩子的善良，在车站爆炸中大勇作受到惊吓，与部队失散，满山收留了它并给它治伤。慢慢的，大勇作成为满山忠实的战友，穿过茫茫雪谷，将一份重要情报和药品送往抗联军营。满山作为孩子的骨气和善良还显现在他想吃肉却坚决不吃"汉奸"舅舅买的羊腿，于是想到打家雀解馋，小说中写道：

满山拎着那只瘦小的猎物回家了。满山一路上想：在家雀看来，我是不是也很像日本人呢？

晚上，满山把那只小麻雀烤了，味道很香。满山吃得不太坦然，就像做了一件很不体面的事情。

满山再没骚扰镇子里的家雀儿。

……

被鸟信任，满山比吃鸟肉还高兴。②

满山由最初的满足口腹之欲到忽然联想到日本军的暴行，反省自己和

① 薛涛. 满山打鬼子 [M]. 贵阳：贵州人民出版社，2013：46.
② 薛涛. 满山打鬼子 [M]. 贵阳：贵州人民出版社，2013：103.

日本兵有什么不同，因为吃家雀也就产生了负罪感，这些都是孩子的善良本性的结果。

　　战争不能阻断孩子间的友谊，但战争却对孩子造成致命的伤害。直子是车站站长河野的女儿，满山和小伙伴们最初排斥她，当直子救了他后，他的态度发生转变。为了找回被抢走的蝈蝈，满山和小刀夜袭灌水车站。这样简单朴素的愿望却无意中狠狠打击了敌寇。河野被抗联杀死后，直子回国时回头说："满山，抢你蝈蝈的就是我爸爸。他是想送给我玩的，所以请你谅解他。现在，他也死了，别再生他的气了。拜托了！"

　　李小刀抹去一把眼泪："满山，你快答应直子啊！"

　　满山哽咽了："直子，我也对不起你……"[①]

　　看到这样的结局，满山已经没有胜利的快感，反而感到异常痛苦，因为直子没有了父亲，战争对儿童造成的心灵创伤是永远无法抚平的。满山身上的逞强好胜、坚强不屈都是他童年这些作为的依据。但看到失去父亲的直子，满山不是懵懂、单纯的孩子了，日本人的侵略已经结束了他无忧无虑的童年，战争对孩子造成的困惑与忧伤，对人性造成痛彻心扉的撕裂感在善良的满山身上体现出来。

二、顽皮聪明的特征

　　儿童天性中的好奇心、顽皮在抗联文学中成为多姿多彩的一面。《小英雄何畏》的第十一章中，作家借助北平来的大学生彭施鲁回忆文章《我在抗日联军十年》叙述了大学生与何畏的一段战斗友谊：小何畏是有名的缠人鬼——这一细节就充分体现孩子的好奇天性和热爱学习的品质，他对手表、自来水钢笔充满好奇，还缠着彭施鲁给他讲北平的故事，教自己唱歌、写字，学会国际歌等，热心的何畏还帮他穿乌拉草取暖。何畏体现出儿童模仿的天性，他教新来的两个大学生骑马："这就很不错了，新兵蛋子嘛，慢慢就熟了……"何畏故意板着个脸，挺着个肚子背个手，学着军长的口气……气得

---

① 薛涛.满山打鬼子[M].贵阳：贵州人民出版社，2013：153.

那两个人将小何畏扔进雪堆里，装了一裤兜子雪，连长曹光和何畏的两个小伙伴在一旁笑弯了腰。① 在严酷的环境中，何畏依旧体现出孩童的天真稚气，表现出儿童顽皮的性格特征，这种战争环境下轻松的场面并不多见，体现出作者捕捉温馨浪漫生活的诗意书写。像《小英雄何畏》这样的作品还有很多，这些描写的不仅仅是战斗的场面，还再现了抗日战争中东北孩子们的生活，真正贴近东北抗联时期的现实生活，更加真实地反映了残酷斗争中的另一面。

　　抗联小英雄是抗联文学中作为"典型"被塑造的儿童形象，被寄予时代的审美范式，他们身上体现出的聪明伶俐足智多谋的特点，是抗联理想儿童精神风貌的集中体现，具有趣味性和可读性。游戏性在艰苦卓绝的战争背景环境下得以体现，成为东北抗联儿童在战斗之余独特的生活调味品。在塑造抗联小英雄时，作者有意刻画其聪明机智的方面，在小说《抗日小英雄何畏》中，何畏巧使巴豆计，轻松使得二百多个伪军丧失了战斗力，抗联将士大获全胜；智用蜂窝计，利用马蜂给敌人们以致命一击，使抗联将士不费吹灰之力将其一举歼灭；设巧计锄奸，利用飞龙汤下毒除掉铁杆汉奸高福轩，一石二鸟地除掉古田。这三场战斗充分体现出儿童的恶作剧天性，增添了儿童形象的生动性和趣味性；作为瞭望哨通风报信时体现出其头脑灵活的特点；深入敌人内部观望敌情则体现出勇敢果断的特点。长篇小说《抗联的后代》中，被称为"小诸葛"的冲子和"张飞"的明子是亲兄弟，他们的爷爷、妈妈都因抗日被日寇残忍杀害，他们成为孤儿被托付给抗联战士宋元荣，冲子为抗联部队运枪时，巧用计谋"兰屯借兵"，使伪军与追兵互相残杀，大大削弱了敌人的力量。这样的形象体现出东北抗联斗争生活的真实性，儿童不仅力气小，还缺乏严格的军事训练，他们无法与敌人进行正面斗争，但他们机灵勇敢、巧用妙计，可以利用儿童的身份骗取敌人信任，打入敌人内部等，创造了独属于儿童抗战的精彩华章。

---

①　郭相声 . 抗日小英雄何畏 [M]. 哈尔滨：哈尔滨出版社，2006：88.

三、自然纯情的幻想

东北抗联儿童文学在人物塑造方面凸显了作为孩子身上亲近自然、好奇贪玩、爱幻想等天性特征。孩子与自然有着天然的亲近感，小说中不乏孩童时代的天真幻想。《抗联的孩子》中柱子面对太阳、长白山的云时的幻想充满了丰富的想象；《抗联的后代》中袁冲子面对月亮时想到龙王爷的水晶宫等都充满儿童情趣。《天火》《抗联的孩子》都出现童谣和文本的结合，体现了儿童在游戏性的抗战中成长。抗联的儿童们与动物作朋友，甚至相互依赖。《抗联的孩子》中铁子和自己的狗黑子，《抗联的后代》中周冲子和马，《满山打鬼子》中的满山和千寻，当然也是孩子与自然，特别是动物外部环境的亲密关系，东北抗联文学真实且具有感染力。作为儿童，即使是英雄，但他们毕竟还小，需要家人的陪伴；尽管周围不缺少抗联的亲人，作为孩子的他们依然掩盖不住孩童脆弱的特征：在逢年过节时，袁冲子想起爷爷、爸爸、妈妈时就会偷偷地抹眼泪，被弟弟发现后，兄弟俩抱头痛哭。这些具体的情节，都是孩子们内心最真实的反映，还原了抗联时期儿童们的生活场景，显示出契合儿童心理的特质。正是有众多的抗联亲人的关爱和舍命救助，他们才能坚强地活下去，慢慢从思念家人的痛苦中振作起来，更加坚决地抗日。抗联题材小说还原了儿童的本真特点，尽管斗争是残酷的，整个作品的基调相对来说是乐观明亮的。"孩子们的心是稚嫩的，孩子们的思维是简单的。他们只喜欢阳光灿烂的早晨，很难记住深夜里的噩梦。在他们的思维活动中，记忆是最差劲的脑力活动，所以他们的心绪总是好的。谁也无法使他们长期沉浸在悲痛与恐惧中。"[1]有儿童的地方，必然有欢乐和嬉闹，战争环境下依然不会改变儿童的天性，东北抗联儿童文学表征了这一特征。

曾广贤的《抗联的孩子》塑造了抗联孩子们的群像：铁子、柱子、锁子、霞子，他们中或者父亲或母亲被日寇杀死，或者参加抗战不在身边，他们或者跟着祖父母生活，或者被抗联家属收养。他们为抗联传递消息，救助伤员并将他们藏进山洞，给抗联运送物资。霞子为了给藏在山洞中的柱子送饭被

---

[1] 曾广贤. 抗联的孩子 [M]. 长春：北方妇女儿童出版社，2004：56.

伪军盯住了，为了保护柱子，她故意引着伪军往山里走。看到冰凌碴子（其实到处是冰川、冰湖、冰柱），她想起凌花姑娘的故事，误以为自己向下一滑就会到底，结果生命永远定格于此。霞子追随着凌花姑娘奔向美好的世界，远离残酷的战争和死亡。

抗联小英雄形象的聪明机智具有审美价值，也对儿童产生教育意义。与抗战文学中展现抗日小英雄的聪明才智，为儿童树立了榜样一样，抗联的孩子身上体现的顽强抗争的反抗精神与保家卫国的爱国精神也成为当下儿童学习的理想典型。

第三节　作为"汉奸"后代的儿童内心世界

东北抗联斗争形势严峻，在具体的斗争中，东北抗联面对的不仅有日本侵略者还有伪满警察、土匪、地主阶级的武装等，这就表明各个阵营之间的复杂性。21世纪以来，东北抗联文学中的汉奸形象塑造就体现了斗争复杂艰苦，东北抗联面对的不是单纯的与日本侵略者的斗争，还有对内部奸细的清除和教育革命队伍、转化敌对势力中可争取的力量，于是作品中出现了敌中有我、我中有敌的情形，汉奸后代的内心世界得到更细致的展示。

一、自我证明的抗日

东北抗联文学中描写的汉奸情况体现了当时抗日斗争的复杂，较有代表性的人物有《抗联的后代》中的周景泰，《满山打鬼子》中的海川，他们都是抗联的卧底，却被人误认为是汉奸，甚至家人都不知道他们的真实身份。他们忍辱负重，隐瞒了自己的实际情况暗中帮助东北抗联对日战斗。而对于真正做了汉奸的人，作家是给予明确的情感态度：恶有恶报。《抗联的孩子》中的张凤山原来与铁子父亲一同参加东北抗联队伍，后来他的叛变直接导致铁子姥爷被杀害，后来张凤山被高升除掉;《抗联的后代》中也是很有这样现实生活气息的，汉奸孙贵志是被称为"孙龟子"的，他的家族纯属于代代作恶也没有善终。那些铁杆汉奸、藏在抗联队伍的内奸，混在百姓中的汉奸最终也全被处死。这样的处理方式一方面体现人们对汉奸的痛恨；另一方面也是作家价值取向的彰显。

面对这样的复杂情形，孩子们是难以辨别的，他们的抗日就必不可免地有些曲折。满山因舅舅海川当了"汉奸"，被村里的孩子们孤立，他为此而很痛苦，为证明自己是抗日的，不是汉奸而寻机找日本兵报仇，并有意无意地配合着抗联队伍与日寇进行斗争。《抗联的后代》中的周云作为家族"反叛者"的角色出现，她一心向善、坚定抗日，她身上表现出人性之善，更体现出孩童的本真。周云被认为是汉奸之女，冲子救了她的命，所以，她起初是出于报恩一心想着帮助冲子，冲子却因为她的身份而"冷淡她，蔑视她"。周云对冲子表白自己不是汉奸，而是"汉奸家庭的叛逆者"，是有良心的中国人；她以"秘密反满抗日分子"自居来帮助抗联队伍。周云的自我定位并非出自世俗的眼光评判，而是对自己所处的社会地位的反叛，这是孩童纯粹的情感认知和体验。

二、自我转变的抗日

作家们充分观照到了抗联题材儿童文学的复杂，尤其是儿童身处于不同的环境中，他们的抗战行为就各有不同。特别值得一提的是《抗联的孩子》中的小百岁，他是地主的儿子，二哥是伪军团长。他仗着父亲和哥哥势力欺压同学，小说揭示出特定时期东北地域各种势力间的复杂关系：地主与农民的矛盾，抗联与日寇、汉奸、伪军之间的斗争，汉奸之间的冲突等。地主老赵彪痛恨日本人，又有自己的利益考虑；他救助自己的长工、抗联战士高升；又希望二儿子为他争光。他在儿子赵震德被日本人杀害后坚决抗日。小百岁因家里势力败落，郑瘸腿儿子不再对他言听计从，他被孤立了。在铁子、柱子争取他一起抗日，小百岁将在家里偷听情报告诉铁子，成为抗联小"同盟"。肖显志的长篇小说《天火》中主人公黄毛是个孤儿，以乞讨为生，他外表愚钝，内心却具有民间野蛮的力量，满身江湖气，养成偷摸的坏习惯。但他本性善良，扶助比他更弱小的孤儿串红，最初他为了生存给日本人做事，被称为汉奸，后来在老秀才的抗日行为中受到教育，开始以自己的方式反抗。日寇杀害了串红，悲愤的黄毛爬上旗杆烧掉日本旗，后被日本人乱枪打死了。他死后日本旗经常被烧，据说这是天火，实际是东北人民高涨的抗日斗志显现，大家是在为黄毛报仇，更是为所有的同胞雪恨。这是来自东北民间的抗战，而儿童最初的抗日斗争是起于朴素的爱憎情感。

需要特别关注的是，东北抗联题材儿童小说中塑造的抗日小英雄形象丰富了儿童文学画廊，提供了新鲜而带有东北地域特征的儿童抗战记忆，那就是中日儿童交往。作家薛涛说："作者要有一个高远宏大的历史观，超越阶级的、民族的局限，站在人类文明的前沿，以悲悯的情怀、人性的深度去书写战争、书写战争中的儿童状况。"①《满山打鬼子》中天真而友好的日本女孩河野直子在学校极力维护中国孩子的利益，她渐渐地成为中国孩子的朋友；在满山、李小刀被日军追击时，直子救下了他们俩。小说深刻地揭示出日寇的侵略让中、日两国的孩子们友谊面临着严峻的考验。满山知道抗联队伍当天夜晚要炸毁车站，恰巧在这天夜里，他的好朋友直子也跟爸爸住在车站。此时的满山身处艰难的抉择中：告诉直子离开车站，就会暴露行动计划；不告诉直子，她的生命就会受到威胁……满山左右为难，当他下定决心保护好朋友直子的时候，一个日本兵骑摩托车接走了直子。满山也就不用冒着泄密的危险了，内心放松了许多……为了友谊而要告诉秘密，这样的做法完全符合儿童心理的真实，这是人性本真的书写，是对过去的抗日小英雄书写的一种新的尝试。直子因为父亲被抗联打死，她被安排回日本，回国后，她还给满山和小刀写信。作家向读者提供更具可读性的、更有人性深刻内涵的作品。

三、中日儿童交往中的抗日

肖显志的小说《天火》揭示了东北独有的真实生活情境。20世纪初，日本就有计划地向东三省移民，尤其是1932年日本扶持的伪满洲国成立后，移

---

① 张品成，薛涛.战争题材儿童文学期待突破[DB/OL].http://www.chinawriter.com.cn，2009-10-25.

民数量大增，日本为了掩盖侵略行径，将这些移民称之为"开拓团民"，他们绝大多数是农耕劳动力，进行屯田，建立了开拓团。这客观上为中日民间交往创造了条件。日本开拓团的小姑娘小鹿纯子因为没有小伙伴而倍感孤独。她与中国孩子黄毛、二孩之间建立了纯真的友谊，孩子根本不懂得危险，"开拓团围了铁丝网，就是要挡住中国人"。[①] 他们隔着铁丝网这条鸿沟一起玩耍，小鹿总觉得不尽兴，后来她让二孩越过铁丝网来和她一起打滑梯玩，并保证日军不会开枪。可是，日本人向他们开枪了，二孩害怕拔腿要跑，小鹿怕他以后不会再和自己玩，极力地阻拦并保证，她以为自己张开双臂挡着二孩，日本兵就不会再开枪了。可是天真的孩子想不到罪恶的子弹打中了自己。战争题材的作品恰恰是反对战争的，中日孩子间的友谊成为揭示战争罪恶的一个重要条件。《天火》中的日本小兵狼崽子才十几岁，身形瘦小的他在冷漠无情的军营里没有感受到关怀和照顾，却在与中国孩子黄毛交往的过程中感受到了温情，他最终被逼迫爬上旗杆挂日本旗时摔死。东北抗联题材的儿童文学描写的是小英雄，但本质上却是在揭示他们如何在残酷的斗争中，在抗联培养下成为革命战士的，这些儿童形象的塑造具有现实性特征，"回归儿童本位"，抗联儿童形象塑造的艺术价值在于淡化了革命教化的色彩，开始以"人"的立场来观照儿童形象，所塑造的儿童形象不是缩小版的成人，而是真正意义上的儿童。《满山打鬼子》成为东北抗联题材儿童文学的代表作，也是抗日儿童文学的经典之作，小说有效地补充了抗日儿童文学中东北一隅的文学地图，而"满山"的形象也已经走进抗日小英雄的人物画廊，白山黑水间，大地一片苍茫，东北抗联题材儿童文学是一道温暖而又动人的风景。虽然东北抗联儿童文学与国内其他地域抗战儿童文学主题相似，但鲜明的地域文化色彩造就了特有性格的儿童形象，更呈现了东北的地域文化色彩，这一方面是抗联儿童文学的独特性所在，更为重要的是超越地域的人类性话语，展现中日儿童间跨越国族、超越战争的纯真友谊，这是东北抗联儿童文学中一个独到的贡献。

---

① 肖显志. 天火 [M]. 武汉：长江少年儿童出版社，2015：129.

下 编
经典解读

第六章

《音乐会》的叙事诗学

朱秀海的长篇小说《音乐会》以金英子的叙述为中心，在多重见证下展示东北抗联十六军的历史。小说的重要性不仅在于叙述了什么，还有叙述形式、结构，以及彰显的意义。叙述层的多重见证揭示了历史的复杂、讲述历史的独特性。在叙事方式上，小说的一大亮点是采取了多视角叙述的方式，凸显了多重见证下故事的层次感。小说在结构上蕴含着更为精巧的形式，正文和附篇两部分构成互文性见证，叙述性文本和非叙述性文本融合，是作家走进历史现场、探寻和体验的深度艺术把握。朱秀海具有为历史提供见证的良知，为抗联人灵魂见证的责任，这也是作家见证历史真实的伦理立场所在。"诗性正义"伦理维度的叙述不仅具有见证的功能，还建构、传达了民族记忆，并超越时空的限制，为后人认知、反思这一人类灾难提供了文本镜鉴。

第一节 多重见证下的诗性书写

军旅作家朱秀海的长篇小说《音乐会》自2002年出版以来，在十八年中经历了三个版本。[①] 可以说，2020年版的《音乐会》是目前出版的最完整的一部，代表了中国军事文学创作的高度。第一版的扉页上标明"本书基本取材于东北抗日联军的斗争史实。为了小说艺术的完整性，作者对书中抗联部队的番号和人名做了虚构"。作家以独特的叙事视角想象历史，建构了抗联记忆

---

① 《音乐会》的三个版本分别为：2002年解放军文艺出版社（分上下两部）、2011年作家出版社（共一部）、2020年团结出版社（分上下两部）。

中尤为悲壮的历史，在历史夹缝中挖掘被忽略的真实。小说以东北抗联史实为依据，再现了秋雨豪率领的东北抗联第十六军悲壮的抗日斗争，从军队的诞生到只剩下一个朝鲜族孤女金英子和日本籍战士松下浩二，既展现了战争的血腥残酷，也折射出生死时刻人性的光辉。由于版本的改变，叙述也相应发生了变化。但无论如何变化，作家的叙述策略已经很清晰，即强化这种多重见证下的诗性书写。

一、故事层的多重见证

《音乐会》揭示了历史复杂的真实性以及叙述历史的独特性。从叙事方式上来看，小说的一大亮点是采取了多视角叙述的方式，显示出了故事的层次感。事实上，《音乐会》在多重见证中叙事，它至少存在着三个故事层：一是金英子（包括抗联十六军）的故事；二是调查者马路的故事；三是松下浩二的故事。小说是以亲历者、倾听者（调查者）、作者多重视角展开层层叙述，以女主人公金英子为主的叙事展开了第一个故事层。金英子是一位八十一岁的抗联英雄，作为贯穿全篇的人物，她的叙述还原了东北抗联悲壮的抗战史。历史的真相异常残酷：日寇不仅肆意而凶残地杀戮，还有吃人的罪恶行径；日寇的兽行激怒了狼群，抗联战士与狼成为抗击敌寇入侵的战友。"叙事讲述的任何事件都处于一个故事层，下面紧接着产生该叙事的叙述行为所处的故事层"。[①] 对于见证者、讲述者金英子来说，她的讲述至少包含着两个视角构建的故事层：一是作为叙述者、亲历者的正在经历的视角；另一个是叙述者正在讲述的视角。正在经历的视角见证了真实，金英子仿佛坐在读者的面前，讲述她那段战争往事。作家朱秀海强调："真实是每个作家作品的最可靠最丰盈的故事源头，同时真实还是作者写作时能够拥有的最强大武器。……一部作品优劣的真正秘密就在于它的华丽表象之下到底深藏了多少'不想说但还是说出来了'的真实。"[②] 作为幸存的见证者，金英子要能够讲述出这场悲壮的斗

---

① [法]热拉尔·热奈特.叙事话语、新叙事话语[M].王文融译.北京：中国社会科学出版社，1990：158.

② 舒晋瑜.朱秀海：真实是写作的最强武器[N].中华读书报，2020-05-27（006）.

争，才能还原历史的真实。内聚焦式的叙述视角将主人公正在经历事件时的内心活动展现出来：包括失去妈妈和弟弟撕心裂肺的痛苦，失去抗联妈妈秋姑后的悔恨和自责，眼看着一个个舍命相救的抗联将士牺牲时的悲愤，等等。小说通过主人公的内心独白，把她人性深处的真实，骨子里的善良，对日寇的仇恨，对抗联将士的感激，人性撕裂的真切感受等心理直接呈现在读者面前。

正在经历的视角在这段历史建构中起到了重要的见证作用。作为历史见证者，金英子通过正在经历的视角传达了她对抗联历史的记忆和对抗联十六军生死相依的情感。当金英子孤身一人时，抗联成为她的家，叔叔阿姨成为她的亲人，这让她享受着亲情的温暖；金英子与浩二在狼谷经历生死后，支撑她活下去的力量和希望是帮助他逃离战争，回到日本。这一想法最终也得到秋叔叔的认可，这见证了人性中永远不可抹杀掉的大爱，这种爱在罪恶的战争面前变得弥足珍贵。她见证了年少的小玉被日寇活生生烤着吃掉，只剩下半张完整的脸和骨骼，死前受到最残忍摧残的表情。正在经历的视角呈现出的是心灵和身躯开始碎裂，这与见证弟弟被日军的狼狗撕扯吞噬是一样的心碎。这种悲剧逼迫着秋雨豪安排抗联的女孩子出嫁，这是给她们找到一个以命相托的丈夫，其实就是"能拉着她们狂奔的男人"。正在经历的视角已经感受到秋叔叔的痛苦。正在经历的视角也见证了赵尚志司令深情、沉重而又带有命令式的嘱托"只要你们活着，她们也得活着！打完这一仗，我是要找你们要人的！我和秋军长今天把她们嫁给你们，就是把她们的命托付给了你们，你们都给我记好了！"[①] 残酷的战争毁灭了一切美好，包括女孩子们的爱情。

经历时的视角和正在讲述的视角结合并建构了故事层的丰富信息。正在讲述的金英子所讲的是已经逝去的经历，这里实际上是包含着前后两个女主人公，前一个是亲历者，后一个是叙述者，她将自己的视点，"即事后即时视点"[②] 呈现出来。这一视点与正在经历的视点产生着认知的距离，显然这是十

---

① 朱秀海. 音乐会 [M]. 北京：团结出版社，2020：562.

② [法] 热拉尔·热奈特. 叙事话语、新叙事话语 [M]. 王文融译. 北京：中国社会科学出

几岁小女孩带有不成熟性的视角，经历时大多处于懵懂无知的状态，显示出经历后视角的更理性、更客观的特征。当主人公在得知组织上要把自己心仪的兰团长分配给卞霞做新郎时"我不知道自己哭了多久……我于痛不欲生之际，从地下爬起来发疯一般穿过森林，跑向山坡下的冰河……金英子这时虽然活着，却如同死去，心里反倒觉得轻松了，没有挂碍……"①这是一个经历过的叙述者在回忆自己经历此事时的思想，经历后的视角相对于正在经历的视角要更成熟、更冷静。她是以一种审视的眼光看着那个正在经历的自己，此时，当时那种肝肠寸断的痛苦已经不再，叙述者只是在讲述自己当时的幼稚和自我，审视当时的任性，甚至有些自责，这也正是人物成长过程的真实。"啊，多少年了，只要想到秋叔叔的牺牲我都要哭，可是每次痛快地哭过一场后，会闭上眼睛想一想，秋叔叔生命中的最后一个夜晚，它是只属于秋叔叔一个人的……"②既痛心又深情地回忆秋叔叔弥留之际惦念的十六军交给汪大海，也将金英子交给了他最信任的汪大海。回忆之时与多年思量后心境的变迁，又重新展现在凿凿有据的叙述中，这就是经历后的视角带来的具有洞察力的见证。

正在讲述的是八十一岁的抗联女战士、十六军幸存者的视角，讲述中包括现在的认知视角和正在讲述时的情境，即她讲述时的表情、神态，停顿、沉默等。金英子是"叙事的材料来源，担保人和组织者，又是分析评论员、文体家，特别是'隐喻'的创造者"。③主人公金英子是集见证者、叙述者、对话者、诗人四位一体的角色，作为叙述者，她向调查者马路讲述了自己的经历，将秋叔叔、汪大海等英雄人物以自己的经历串联起来，全景式地呈现出一个关于东北抗联英雄群体悲壮的斗争史。她是一个充满诗意的叙述者，叙述具有情感带入的作用，作为一个饱经沧桑的老人在讲述曾经历过的一切。她不仅叙述，还参与其中。这种叙述表达的既是自己的认知，也是作家的

版社，1990：151.

① 朱秀海.音乐会[M].北京：团结出版社，2020：548.

② 朱秀海.音乐会[M].北京：团结出版社，2020：585.

③ [法]热拉尔·热奈特.叙事话语、新叙事话语[M].王文融译.北京：中国社会科学出版社，1990：112.

观点。

《音乐会》展现的第二个故事层来自马路的叙述。对读者来说他是一个叙事者，对于金英子来说他又是叙事的接受者，由此构建起读者与真实叙事者的联系。马路本是为完成局里交给的调查"涉外事件"任务而接触金英子的，他是以调查者的身份被动参与文本叙事，并间接见证了女主人公的抗联故事，将惨痛的历史记忆与沉重的现实连接起来。作为灾难历史的见证者和叙述者，金英子需要一个倾听者，因而，作家设置了马路这个形象——一个作为后代人的调查者。小说通过不同阶段、不同情境、不同身份的人物来见证、审视东北抗联斗争的残酷、惨烈。这呈现的是倾听者（调查者）的视角，他通过倾听来见证金英子的创伤，情感逐渐受到感染并逐渐投入其中。正是这种可以触摸到的真实和平静的叙述让具有责任感的倾听者不时地战栗，金英子的创伤经历让他异常痛苦，灵魂产生巨大的震动。小说时时见证：当金英子讲到弟弟英男被中井弘一看到"她突然打住了，泪水似乎就要从干瘪深陷的眼窝里流出来。可是没有。她的枯干多皱的脸上还是没有一滴泪水。她停下来似乎只是为了积蓄气力。马上，她又急急地说下去——"。面对不堪回首的往事，调查再一次揭开了金英子血淋淋的伤口。她讲到看见英男的头骨时又是"长时间的沉寂"。这种沉寂让调查者见证死亡的黑洞正吞噬掉金英子，也在淹没自己。

马路的叙述揭示出金英子内心的冲突是无可名状的，悲痛已经是一个很苍白的字眼。讲述是艰难的过程，尽管金英子看似很平静，但内心的波涛汹涌到何种地步，是以金英子的身体作为译码的语言来表征创伤记忆的。马路不断见证了她的身心像岩石般不断碎裂，六十多年前的往事一如昨天般历历在目。"小伙子，六十多年了，我一直不向别人讲我的抗联故事，真正的原因是这个故事还没有结局。……我将它说给你，也就将我和我们这一代人的负担转给了你和你的同代人，……"[①]这是一种沉重的托付，作为叙述者，金英子的疼痛与悲哀已经渗入骨髓，弥漫在她的生命里。言说创伤让她在与倾

---

① 朱秀海. 音乐会 [M]. 北京：团结出版社，2020：733.

听者的交流中缓解了六十多年的沉重。见证创伤意味着见证人性的道德崇高，见证者要具有感同身受的能力必须具备责任感，马路见证金英子的创伤并给予道德伦理上的肯定，他扮演着灾难事件后的见证者和创伤后遗症的疗救者的双重角色。

第三个故事层则是松下浩二的人生经历。浩二是一个善良、富有良知的人，他作为受害者饱受战争离乱之苦，被迫到东北作战。被俘后，他见证了抗联队伍中人性的高贵。客观上说，浩二是"沉默"的见证者，他作为见证战争灾难的日籍抗联战士，他主要"是见证"，金英子讲述是在替他"作见证"。"'是见证'的是那些因为曾在灾难现场，亲身经历灾难而见识过或了解灾难的人们。'作见证'的则是用文字或行动来讲述灾难，并把灾难保存的公共记忆中的人们。"①浩二的故事一方面是通过金英子叙述出来的，一方面是马路调查来的，还有一些是和金英子谈话录音记录的。金英子将浩二过去抗联时期的故事讲述出来，马路的调查将浩二回国后的境遇呈现出来：六十多年一直要到中国见原籍朝鲜的姐姐，并说自己不但被俘还参加了东北抗联而被当作病人长期安置在精神病院，"现在"浩二在生命垂危之际偷跑出医院并到中国找到姐姐的故事展现出来，他的故事是碎片式、乱序与空白并存的。浩二最终赴约，是坚守誓言，是对金英子讲述真实性的证明，也是承诺的兑现。对于历史和牺牲者，幸存者和后来者具有保留他们记忆的责任和义务，只有这样，抗联历史才能存在，十六军的英雄们才能不死，《音乐会》三个故事层完成了这样的历史见证。

二、结构上的互文性见证

《音乐会》的重要不仅在于叙述了什么，还有叙述形式及结构，以及体现怎样的意义。小说还原了历史的真实，也是作家进行艺术探索的文本。三个版本的小说各有不同：第一、三版分为上、下两部，第二版是单行本。但三个版本都由正篇和附录两部分构成：正篇由十二天的调查采访实录（有两天是

---

① 徐贲 . 人以什么理由来记忆 [M]. 长春：吉林出版集团有限责任公司，2008：5.

根据录音整理）组成，第一版还有三篇日记，第二版是单行本删掉了一些内容，包括三篇日记。第三版又恢复到最初的结构，并在音乐的部分、在音乐和战争的声响让主人公迷乱的部分有一些增删，主要是金英子讲述自己的抗联故事。三个版本附篇设有《给局领导的正式报告》、附件一《我某驻日机构给某局老干处的复函》、附件二《有关抗联十六军情况的简要说明》《日记一则》《留给自己的秘密录音文档》五部分组成。这两部分文本是三种不同的文体：一是调查采访实录及调查者与叙述者的交流等；二是日记体及通话记录；三是非叙述文体，主要是历史文献。从结构构成要素上来看，《音乐会》第一版和第三版的叙述主要是在叙述者金英子和调查者马路之间不断变换，而第二版则是淡化了马路的叙述话语。无论哪个版本的小说，都强化了叙述者经历时的切身感受，还有看似平静地讲述背后内心的一次次的地震，马路视角还原了正在讲述时的情境，多层面地展现金英子创伤的深重和永远无法愈合，以及讲述带给调查者马路的创伤，显示了现实主义作品的深度。

　　"历史创伤不是基于记忆的痕迹，而是对集体记忆的建构。这一建构是指将创伤置于不同的历史和意象之中予以阐释。客观上看，任何文本都是对另一个文本的吸收和转化。也就是说，任何文本都要通过与其他文本之间的关系产生意义，因此所有的文本都是互文性的。"① 小说《音乐会》通过附篇中的非叙事文本与叙事文本的指涉和转换，构建了文本的历时性与共时性的互文，从而验证了叙事文本的真实性。客观地说，个人的记忆和讲述往往有偏差，作家在个人叙述外运用非叙事文本进行互文性见证，最大限度还原历史的真实。非叙事性文本对讲述真实性的厘清和认定，经过考据、梳理、挖掘真相，给予证实，这是作家朱秀海的匠心独运。"如果《音乐会》这部书在当代抗战作品中真有什么独特性，我仍然认为它最大的独特性可能就在于它的历史真实性——包括故事本身的真实性，历史风烟、战争场景的真实性，尤其是人、人心、人性和兽性在那样一场历史时刻用怎样一种情态做出了自己最登峰造极的呈现。"② 正是由于这样的富有忧患意识的责任感驱使，书写真实的价值立

①　William Irwin. "Against Intertextuality" [J].Philosophy & Literature，2004（2）：228.
② 　舒晋瑜 . 朱秀海：真实是写作的最强武器 [N]. 中华读书报，2020–05–27（006）.

场和对人类生存境遇的深切关注，这部以个人记忆为基础的抗联小说才震撼了读者。

非叙述性文本见证了叙述者的叙述可靠性。这种非叙述性文本在第一版和第三版呈现得最为明显：调查的第一天，马路得知金英子见过杨靖宇、赵一曼、赵尚志等人非常惊喜，因为她是抗联历史重要的见证人。当天晚上我在单位图书馆抱回一大堆书，马路受命调查"涉外事件"本身就有证实其事实真实性与否的责任，他找到金顺姬、安重根、崔庸健、罗登贤等资料，从中验证了他们的真实身份和1931–1933年相继来过格节。① 这些史料证实主人公叙述的真实性，确切地说，这是金英子叙述的互文性见证。在日记（1）中，马路查到的《战犯名录》中有与中井弘一共事的日本战犯板垣征四郎等名字，② 也记录了自己三天调查见证了金英子的伤痛，他受到深深地刺激，转而发生失去理智打人等一系列的发泄，这与金英子的讲述形成互文。"我常常幻听像当年听到战场上在我耳边回响过的音乐会，或者在没有音乐会的时候听到的狼嗥、枪声、人们狂奔的脚步声、冲出包围圈的呐喊、心跳和大口大口地喘息……"③ 马路莫名的恼怒、痛苦还在于老人始终不说她救浩二时的真实感情源于浩二是个人，这见证的是老人对调查者的戒备或者是民族的集体无意识。日记（2）中，马路在《东北抗联烈士名录》里找到赵玉珠烈士的简略记载，文字见证的是金英子讲述的真实性，同时也证实"老人的话没有错。我在我收集到的任何一本东北抗联烈士名录中都没有找到霍小玉烈士的名字和生平事迹"。④ 马路间接见证了东北抗联的历史，自知有责任还原历史真实，他庄严的承诺："可是在新版的任何一本东北抗联烈士名录中，都将有霍小玉这个名字。我保证。"⑤ 铭记历史，拒绝遗忘，这是后人的庄严承诺。

非叙述性文本见证了金英子创伤之深重。创伤后应激障碍的三个主要症

① 朱秀海 . 音乐会 [M]. 北京：团结出版社，2020：45.
② 朱秀海 . 音乐会 [M]. 北京：团结出版社，2020：165.
③ 朱秀海 . 音乐会 [M]. 北京：团结出版社，2020：235–236.
④ 朱秀海 . 音乐会 [M]. 北京：团结出版社，2020：437.
⑤ 朱秀海 . 音乐会 [M]. 北京：团结出版社，2020：438.

状是"过度警觉、记忆侵扰以及禁闭畏缩"①在马路的电话记录中，陆子羽教授的答复印证了金英子的症状："一个人，而且是一个老人，能将数十年前发生的每件悲惨的事纤毫毕现地回忆起来，一点也不错，她就是患有一种病。这种病的名字叫作记忆残留。"②记忆残留就是她经历重现，是典型专注于过去、反复思考而引发的。"幻听是一种最为典型的记忆残留，虽然记忆残留者的症状不止幻听一种。"③"患记忆残留的人记住的却是自己经历过的一切。……她将在这种伤害中度过一生。"电话记录作为一种应用文体，马路记录了自己与陆子羽教授的谈话内容，揭示出金英子一直是一个病人，从最初的幻听开始，记忆残留已经伴随她一生，从病理学的层面证实金英子的记忆准确性，另一方面见证了她所受到的伤害是惨重的，作为调查者的马路开始深深自责"是在用她自己的记忆折磨一个身患顽病而不自知的老人……"④战争的残酷不仅是对于亲历者而言，作为间接见证者也深陷其中不能自拔，他深受由创伤而带来的折磨。"记忆侵扰症状——失眠、噩梦、骚动不安和爆发愤怒"⑤熬过了第八天，听老人平静地讲述日寇残杀了赵阿姨，活活吃掉小玉，金英子失去了音乐，马路忽然战栗，他给局领导写了第二份报告，陈述自己担心没完成任务就精神崩溃："我没有她的经历，可能负担不起她一生都在负担、回忆和咀嚼的那些残留的记忆。""我真正担心的是我自己可能也患上了那种叫作记忆残留的可怕的病。"⑥报告这种非叙述性文本与前八天的讲述互文见证金英子的病症，这也严重影响到马路的生活。到了第九天，日记（3）见证了马路的创伤加剧"今天我没有抖。某种意义上，我也成了她……"⑦马路已经承担了金英子讲述的一切。"仅仅是试着去负载沉重，也是一种不愧于往日的英雄

① [美]朱迪思·赫尔曼.创伤与复原[M].施宏达，陈文琪译.北京：机械工业出版社，2015：234.

② 朱秀海.音乐会[M].北京：团结出版社，2020：439.

③ 朱秀海.音乐会[M].北京：团结出版社，2020：440.

④ 朱秀海.音乐会[M].北京：团结出版社，2020：440.

⑤ [美]朱迪思·赫尔曼.创伤与复原[M].施宏达，陈文琪译.北京：机械工业出版社，2015：40.

⑥ 朱秀海.音乐会[M].北京：团结出版社，2020：469.

⑦ 朱秀海.音乐会[M].北京：团结出版社，2020：517.

的行为。"①马路的耳畔一直回想着音乐，脑子里全是金英子讲述的情境，六十余年前"哪里会有属于她的路呢？"这就是记忆残留，他终于病倒住院了。马路患上了创伤后应激障碍。

　　第十天、十一天的调查是因为金英子急于讲完她的故事而采用录音的形式，相对而言，调查者缺席，叙述节奏较快，马路是以听录音的方式继续他的工作的。"录音带转完了。可我仍然坐着。我一直坐到深夜。我耳边一直回响着那一串无字的歌唱——我的'病'又犯了吗？"②第十二天的见面是应老人的要求，金英子说要带浩二去天安门广场，后来一起去东北祭奠所有死去的亲人，并将他们那一代人的负担转移给马路和他的同代人。日记（4）记录了马路看到金英子带着浩二去天安门广场，后面有一男一女远远跟在后面，证实她讲述的真实。在老人去东北时，他造访她的家，看到她的卧室就像当年的抗联密营，还有挂在墙上的那面十六军的军旗，"她的记忆和心智不可能不一点点地被唤醒……"③那份秘密文档恰恰表明金英子没有完全说出自己内心的秘密：怀疑自己吃过人是她永远无法摆脱的痛之源。罪恶的战争把人变成了非人。她在寻求自我精神拯救的良方，但绝不是遗忘，而是对遗忘的反抗。因为遗忘意味着过去真正的死亡，讲述最为惨痛的创伤经历也是疗愈。

　　附篇不是小说叙述的结束，而是在结构上蕴含着更为精巧的形式，是作家对走进历史现场、探寻和体验的深度艺术把握。附篇中所涉及的非叙事性文本从官方视角解读了金英子与浩二相聚而引起的"涉外事件"等，对金英子、浩二及抗联十六军历史等进行互文性验证：金英子的叙述是可靠的。正文十二天的调查包含着两个金英子的叙述层面，调查者马路和二人对话层面形成的互证。这四层叙述组合在一起时，历史与现实相互融合，多重叙事联结时空交错中的记忆，战争后遗症使金英子一直生活在创伤回忆中，她面对调查者以现场感准确、细致地讲述自己的抗战经历。"新奇而令人震惊的事件，

---

① 朱秀海 . 音乐会 [M]. 北京：团结出版社，2020：518.

② 朱秀海 . 音乐会 [M]. 北京：团结出版社，2020：723.

③ 朱秀海 . 音乐会 [M]. 北京：团结出版社，2020：745.

会激活大脑的一个特殊的记忆机制并将这一机制形象地称为'现场拍照'机制。……和照相机的闪光灯一样，现场拍照机制将我们在听说一件令人震惊的事件的当时所发生的情景加以永久的保存或使之'固定下来'。"① 这就是经历过异常残酷的创伤后，金英子出现的症状就是反复回忆那些创伤事件，记忆因常常造访而被金英子完整地保存，那份秘密录音文档能够窥探到她"藏在心底最最惨痛的秘密"，揭示出金英子的心里创伤仍在流血，只要她还活着，这种伤痛将永远伴随着她。此恨绵绵无绝期，这种极度的创伤又在马路身上出现，形成了不可磨灭的印象。

三、诗性正义：作家的见证

文学应该彰显作家的价值引领，即肯定人类的正义、良知，从这个意义上说，诗性正义是文学叙事的主旋律。"诗性正义既是对文学的理解，也是对正义的理解，它是由诗性显现的现实正义，或者是由正义显现的诗性生存。诗性正义不仅是一种文学所创造的生存追求，而且是一种生活的本来风格，它从诗性立场进入对人类精神和历史形态的推动。"② 如果东北抗联历史缺失了作家用作品去记录、文学见证，这段时空交汇的文学坐标将成为空白，鲜活的人群曾经的悲壮将淹没于历史红尘，这是对历史的亵渎。诗性正义不仅需要作家叙事能力，还要求作家具备非文学性的要素：对历史、人类文明秩序的正义担当，对人道、人性的追求，对人生存尊严的张扬，等等。朱秀海接触东北抗联历史的体验是"摧毁了我以前有关这段战争史的全部知识和想象"。③ 他采访抗联幸存的老战士，从口述和大量的历史文献中抓取令人震撼的史实，这些深深地折磨着他，从《音乐会》中不难发现，马路的调查过程及一系列的创伤体验就是作家从接触抗联历史到写出纪实文学《黑的土 红的

---

① [美] 丹尼尔·夏克特. 找寻逝去的自我——大脑、心灵和往事的记忆 [M]. 高申春译. 长春：吉林人民出版社，1998：203.

② 徐肖楠，施军. "市场中国"文学的诗性正义 [J]. 华东师范大学学报（哲学社会科学版），2009（03）：100.

③ 朱秀海. 此痛绵绵无绝期——长篇小说《音乐会》再版絮语 [N]. 解放军报，2020-03-21（008）.

雪》和小说《音乐会》的变化过程，马路的战栗就是朱秀海自己亲历过的创伤。朱秀海深切地感受到自己必须写这段历史，因为"他们就是我们。我们和他们血肉相连"。[①]《音乐会》是按照调查的时间顺序来发展，这种逻辑也是作家情感变化的过程。作家展现了"一部全新的冰雪血泪交融的战争活剧"。[②]采访让作家更紧迫地感受到，在抗战中还有成千上万类似抗联十六军的英雄，他们被战争的洪流淹没，永远无法讲述曾经的残酷与悲壮。正因为历史面临着被遗忘、被淹没的危险，见证者的存在才至关重要。客观上说，"历史是我们置身其中并希望超越的一种小说，小说是一种推想性的历史，甚至可能是一种超历史"。[③]通过创造性想象，朱秀海借助抗联幸存者金英子的讲述，提供了重新认识东北抗联斗争的一个见证性文学文本；以马路的调查为叙述依据，将那些丰富的意象来源，即历史真实艺术性地呈现。作家书写历史是要让人类的历史在见证中不断地被记忆，作家创作小说是要通过形象化的叙述承载历史的真实与厚重。

　　无论东北抗联历史文本、纪实文本还是小说文本都是对这段历史的书写方式和意义确证。作家的一个重要使命就是为历史提供文学上的见证。遗忘创伤是人的一种本能，它能缓解人的痛苦。因此，直面历史、铭记历史则需要勇气良知。朱秀海对历史真相执着地探索和表达，塑造了集见证者、讲述者于一身的金英子形象，她成为抗联十六军的代言人。马路是调查者、见证者也叙述者，可以说，小说不仅融入了直接和间接的见证人（金英子和马路），还全方位地提供了"证词"——作为非叙述文体的历史资料、报告等，这些兼具叙述者思想情感的文本因而具有了见证的性质，直面历史，揭示出历史深处被遮蔽、扭曲的隐秘地带。金英子和马路分别在主客观视角共同完成了对历史的还原性见证。正因为注入叙述情感和旁观者的认知判断，《音乐

---

① 朱秀海. 此痛绵绵无绝期——长篇小说《音乐会》再版絮语 [N]. 解放军报，2020-03-21（008）.

② 朱秀海. 此痛绵绵无绝期——长篇小说《音乐会》再版絮语 [N]. 解放军报，2020-03-21（008）.

③ E.L.Doctorow，Jack London.Hemingway，and the Constitution[M]. New York：R andom House，1993：162.

会》展现那段惨痛的史实带给人长久的战栗，让人深切地体会到死并不可怕，可怕的是活着见证死亡的残酷。从这个角度看，放弃生命对于人本身也是一种解脱，活着不死本身就需要顽强的毅力。金英子活着就证明抗联十六军还在，她的讲述就是昭示着这支部队的永生。这体现出作家强烈的灵魂体悟和历史意识，揭示了个体人格的自我约束和道德理性的完善。《音乐会》因此具有了历史文献和史学著作所不具备的叙述功能，甚至还具有了比文献更为逼近历史的真实，尤其是灵魂真实的见证功能，让读者看到了历史深处的创痛与人性的至暗，更看到人类的道义与良知的可贵。这种内涵和特质决定了小说《音乐会》以文学见证历史的独特性。

朱秀海的创作既是对历史的见证，更是对人灵魂的见证。他观照金英子的心灵史，这是文本所赋予人物的精神图谱，也是作家见证历史真实的伦理立场所在。"诗性正义是作家主体性精神和正义感的伦理表征，是文学对于社会正义的伦理诉求和政治关切，也是文学实践活动得以展开的道德基础。"①《音乐会》的叙事经由一个民族的自由、尊严、信仰而上升到人类的正义，关涉到人的生存本质和历史理性，小说中无论是讲述者还是调查者的叙述都具有追求诗性正义的特质：从民族正义、人性正义等视角，将人对正义的精神追求融入被侵略民族不屈的抗争中，在历史的灾难中诗性地寻求人类正义之魂。《音乐会》作为一种展现人的正义精神的载体，包含了反抗侵略的价值立场，也有肯定人的生命价值的审美取向，对誓言的坚守、对弱小的拯救等，这就彰显了作家的诗性正义。小说是作家正义精神的见证，朱秀海穿越时空经历和感受历史，记录、思考和见证人的正义之魂，作家超越创伤，将人灵魂深处高贵的大爱和尊严呈现给读者。

当然，作为见证者，作家的见证不同于亲历战争的幸存者、讲述者的金英子，也不同于调查者马路（作家安排的见证者）。作家将感情倾注到旁观者马路身上，这建构丰富了旁观者身份，正义的旁观者出于客观公正的态度，对事件进行全面调查和了解，特别是秘密文档更显示出旁观者的机智和审慎，

①　向荣.诗性正义：文学在消费时代重建社会关系的首要价值[J].社会科学战线,2012(08)：140.

也昭示出金英子的创伤至深、至痛——日寇把她变成吃人的野兽，这是侵略者制造的战争罪恶。"这样的真实一旦不由今天的我们来书写，可能就再也没有人书写了，于是我们这个民族就永远地失去了它。"① 作为幸存者，金英子们不是在为自己做见证，而是为那些牺牲者做见证，而作家是"间接见证者"，他倾听见证，并为之战栗，感同身受地将这些书写下来。作家揭开了金英子因排斥而无法被感受，因为被忽视而沉默的历史。正因为作家的正义感和责任感让他深切地感受到"如果不快点写出来，它就会一直长存在我心里，成为我永远的怆痛之源"。② 诗性正义促使他追求真实的书写，这是基于人类的伦理道德，关乎人类的正义与自由，"因为只有通过对事件的记录和纪念，人类才能成为一个道德共同体"。③ 不能还原历史真实对于作家是一种极大的侮辱，诗性正义的光芒让所有被遮蔽的历史得以彰显的关键。也只有这样，朱秀海才能摆脱因采访幸存的抗联老战士带来的噩梦般的战栗，"即使是为了忘却，我也必须将我的所知所思所想写出来，此外没有别的忘却与逃遁之路"。④ 作家将史实融入小说的叙述中，在历史真实、文学想象和个体阐释中寻求一种历史见证的真实。"在见证和道德责任中存在拯救"，⑤ 朱秀海通过写作担当起还原东北抗联历史真实的责任，这也是作家与历史和现实沟通的唯一途径，更是他与战栗的自己达成和解的唯一方式。表层上我们看到的是作家通过写作拯救自己灵魂，寻求内心的安宁；深层上是作家基于人类存在尊严和生存理想，探询艰难的人类灵魂救赎之路。

　　"诗性正义"伦理维度的叙述具有见证的功能，建构、传达了民族记忆，并超越时空的限制，为后人认知、反思这一人类灾难提供了文本镜鉴。朱秀

① 舒晋瑜. 朱秀海：真实是写作的最强武器 [N]. 中华读书报，2020-05-27（006）.

② 朱秀海. 此痛绵绵无绝期——长篇小说《音乐会》再版絮语 [N]. 解放军报，2020-03-21（006）.

③ 阿莱达·阿斯曼，陈国战. 历史、记忆与见证的类型 [J]. 首都师范大学学报（社会科学版），2017（05）：105.

④ 朱秀海. 此痛绵绵无绝期——长篇小说《音乐会》再版絮语 [N]. 解放军报，2020-03-21（006）.

⑤ E.L.Doctorow，Jack London.Hemingway，and the Constitution[M]. New York：R andom House，1993：115.

海把自己对社会责任和文学审美形式的追求融入小说的创作中，从而形成了独特的文学写作风格。如果说，金英子是出于誓言而带着见证十六军的历史使命活下来，又是出于卸下历史重负而讲述自己的故事的话；那么朱秀海就是通过文学叙事来见证历史真实背后人的道德信念和精神操守，他无意于渲染亲历者的苦难，但平静的叙述昭示着创伤的深重和人的不朽与高贵。作家敏锐而独特的表达一方面确定叙述者见证的真实性；另一方面凸显他的见证方式验证金英子见证的真实性，还有调查者马路的见证承续了作家勇于担当的民族精神。作家犀利深邃的思想穿越历史的雾霭，见证了人类历史灾难时期的真相，又不局限在作为"见证"的层面，而是尊重人的自由平等、生命尊严等伦理道德，超越民族与战争，站在人的立场上，张扬人性人道主义精神内涵。更为深刻的是，小说见证了中日友好共铸人类正义的艰难：金英子与中井弘一的对话不仅是信念与胆识的较量，更揭露出反人类的战争犯死不改悔的罪恶心理；而河原信行战后的沉默和害怕中国人，尤其是见活着的抗联老战士，在中日建交后中风而死显现出他的良心是受到谴责，但他没有明确悔过；松下猪太郎认为其父所为不正常，可以看到日本的右翼势力不正视侵华历史的事实。"文学的人文情怀不能缺少的还有人类意识。这不单单是人性主题问题，而是人类性问题——在世界视野下，关注和思考全人类问题。"[1]作家进行的文学见证是要呼唤人的良知，唤醒人类内心深处珍惜和平和尊重生命的情感，小说《音乐会》因而具有了长久的历史穿透力和警示人心灵的力量。

第二节　超越国族的多重对话

朱秀海的长篇小说《音乐会》是有关中、朝、日民族历史记忆的文本，通过朝鲜族抗联老战士金英子的回忆，还原了一段尘封的悲壮历史。金英子是抗联十六军历史的见证者，她亲历了这支部队从诞生到最终壮烈殉国的过

---

[1]　张福贵.百年中国文学的人文情怀[J].探索与争鸣，2019（05）：12.

程。从这个意义上说，她也是十六军唯一的幸存者，是联结那段历史和现实的唯一纽带。她的记忆"是一种以本真化、权威化的陈述形式出现的言说行为"。① 从这个意义上说，小说是追溯视角下建构的回忆录、口述史，是以史实为依据的"诗性回忆"，是作家与小说人物回忆交相呼应的多重变奏。《音乐会》完全是开放的故事，作家将东北抗联历史分解到叙述者金英子的视点、调查者马路的视点中，他们都自觉或不自觉地成为见证人。金英子是见证者、参与者、讲述者、评判者，她的讲述细致传达了自己的经历和感受。作为叙述者，她活着的使命是作为幸存者来见证和延续十六军的历史。本来马路是以一个局外人的身份对"涉外事件"进行调查的，没想到这次任务让他真切地感受到讲述带给他的战栗。他的行为是对叙述者感受的必要补充，他的一系列反应（战栗、失眠、"记忆残留"）更加清晰地揭露了战争的疯狂与血腥，这是日寇兽性的持续性恶果。多重对话凸显了战争中人性与兽性顽强的抗争，为抗战的集体记忆提供了另一种真相。《音乐会》呈现出跨越国族的多重诗学对话特征：主人公金英子的自我对话、叙述者金英子与调查者马路的对话、调查者自我对话（作家自我对话）、调查者与医学专家的对话、金英子与浩二的对话、作家的插话等。正因为小说存在的多重对话，才使得不同视角的感悟和阐释更客观，小说实现了作家对金英子经历的抗联历史和现状的诗学观照。

一、主人公的"自我"对话

《音乐会》的叙事主要由金英子来完成，在主人公的自我对话中，存在两重不同意义上的主人公自我对话，这凸显了小说的对话诗学功能。"记忆的原初功能，是唤起全部与当前知觉相似的过去知觉，是提醒我们想到这些知觉前后的知觉，并由此向我们暗示出那个最有用的决断。不过，这还不是全部。记忆还是我们能够通过一个直觉，捕捉到绵延的众多瞬间；记忆还使我们能摆脱事物流的运动，即摆脱必然性的节奏。记忆能压进一个瞬间里这些瞬间

---

① 阿莱达·阿斯曼，陶东风.创伤，受害者，见证（下）[J].当代文坛，2018（04）：175.

越多，它使我们对材料的把握就越牢固。"① 在《音乐会》中，金英子绵延六十余年的记忆本身就是不断返回到抗联时期的创伤感知，那些经历的每一个瞬间都在回忆中定格成为永恒。

小说明显存在着两个正在经历的"自我"对话，即金英子的"自我"对话。金英子能成为抗联十六军的幸存者，这是全体将士舍命相救的结果，"和我们今天理解的概念化的抗联历史不同，战争本身就是每一天的狂奔，每一声枪响、每一次在弹尽粮绝之际仍然面临着一群吃人——是真的吃人的日寇的团团包围，这时突围不是为了逃脱死亡，而仅仅是为了逃脱死亡过程中的残酷"。② 金英子能活到战争胜利，除了抗联全体的保护外，不容忽视的一点是她心中不断发酵的自我对话，这种对话有艰难中的自我放弃："为了我这个朝鲜孤儿，出山去寻找满洲省委的秦叔叔死了，秋姑那么好的人也死了，我干吗还要活着？我还有什么理由活着？我活着干什么，还要再让别的人为我死吗？"③ 更有在自我安慰中内心的逐渐强大，尤其是后来金英子肩负保存抗联十六军军旗并成为见证十六军存在的责任，她没有理由选择死，她必须面对一切打击活下去。"在抗联史的某些阶段，死亡算不上残酷，活着经历一次次扫荡、虐杀，在冰天雪地里忍受饥寒交迫，加上战争和绝望，才是真正的残酷。真正震撼的地方就在这里：一个又一个脆弱的生命不但扛过了死亡，更重要的是扛过了残酷。"④ 金英子就这样经历成长过程中所有的苦难，除了抗联亲人的救助，她是靠一次次与自我对话来坚持活下去，无论是独自替妈妈送信，一人在山洞看守俘虏浩二，还是只身处于狼谷时，金英子都靠无数次的自我对话支撑着，自我对话也使她由一个天真善良、懵懂无知的女孩分裂并成长为背负沉重责任的抗联战士，最终指向历尽沧桑的自我。

金英子十几岁就遭受到爸爸生死未卜、妈妈和弟弟被日寇虐杀的致命打

① ［法］亨利·伯格森. 材料与记忆 [M]. 肖幸译，北京：华夏出版社，1997：207.
② 朱秀海. 此痛绵绵无绝期——长篇小说《音乐会》再版絮语 [N]. 解放军报，2020-03-21（008）.
③ 朱秀海. 音乐会 [M]. 北京：团结出版社，2020：144.
④ 朱秀海. 此痛绵绵无绝期——长篇小说《音乐会》再版絮语 [N]. 解放军报，2020-03-21（008）.

击。她不得不与抗联亲人一起每天面对极端恐惧和死亡威胁：不杀死敌人，自己就被敌人虐杀。主人公求生的本能使得她振作精神，生死一瞬间的冲突在金英子的精神世界里得到了最为真实的刻画，绝望与抗争的交织，勾勒出战时的紧张和令人窒息的图景，也完成了经历时的主人公自我对话，传达出她对这段刻骨铭心的历史感知。和浩二在山洞中等待秋叔叔时，金英子也是靠着"自我"对话活下来："我要等待，我不能死，我不愿意！……我不愿意孤零零的死在异国他乡，一座荒凉的山洞里成为一群狼的食物，我要坚持，需要我坚持多久我就坚持多久，我要回家，回朝鲜，和爸爸团聚，我就是不死！"[①]金英子的自我对话复活了求生的本能，这是一个少女对悲惨死去的惊惧，她还有回家和爸爸团聚的强烈渴望，而惨绝人寰的战争毁灭了这一切。

正在经历的自我对话在主人公的成长中起着至关重要的作用。这种对话最突出的体现在金英子渴望嫁给自己爱恋的兰团长时："秋叔叔会把他配给自己的游击队女儿英子吗？果真如此，就是我离开秋叔叔后仍会死在西征途中，但只要能和那个人成亲，哪怕婚后作为人妻——也许还要作为人母（？）——要承受更大的艰难和不幸，我也不会后悔的，毕竟我的一生虽然短暂，还是嫁给了一个梦中倾心过的男人。而对方的目光也像清晨林间的第一缕阳光，曾经照亮过我青春的心！"[②]对话令人心酸，主人公非常清楚地意识到死亡如影随形，但内心还是强烈地渴望嫁给心爱的人。当得知秋叔叔将卞霞嫁给兰团长时，金英子内心强烈悲伤与矛盾就体现在自我对话中，她知道秋叔叔安排女兵队的十二个女孩子出嫁，并随自己的新郎分散到主力部队，真正的目的就是让她们的"丈夫"在最危险的时候拉着她们狂奔，不然她们就跟不上队伍，最年轻的甚至可能会被日本人吃掉。但少女对爱情的美好憧憬又使她内心不断往返于两个自我之间，一面是痛彻心扉的悲伤，另一面是不安和愧疚。她将自己真实的意愿和秋叔叔的决定作为一个对立的话语，这两种声音的争辩是她的意识冲突，她在进行着两个自我的思想斗争。"你不想出嫁，是你还没出嫁就已清清楚楚地感觉到，今天的出嫁只是一次虚幻的生命经历，

---

① 朱秀海. 音乐会 [M]. 北京：团结出版社，2020：323.

② 朱秀海. 音乐会 [M]. 北京：团结出版社，2020：536.

你能得到的安慰仅仅是你通过这个经历实现了一个隐秘的心愿：秋叔叔会因为亲眼看到你嫁给了他为你选择的人而放心地让你离开他，卸下那个一直压在他心头的山一般沉重的誓言，让他也许真能像你想的一样度过生命中那段最脆弱的日子活下去！"①这种自我撕裂的痛苦正是成长的前提和代价，只有这样，她才能完整认识自己的处境和生命。金英子意识到出嫁意味着自己将失去梦想的爱人，失去最敬爱的秋叔叔的保护，但也能让秋叔叔卸下重任，为此她愿意出嫁。尽管她深知嫁人结局仍是死，那个在危急时刻一直拉着自己狂奔的丈夫也要死去。十几岁的女主人公要承受的和必须承受的一切就体现在自我对话中。

在去与留的关键时刻，两个金英子也在对话，主人公意识到自己是抗联十六军军旗的珍藏者，军旗凝聚着秋叔叔、汪大海等中国抗日志士的鲜血，所有活着的抗联战士将保护金英子和抗联十六军军旗当作自己的使命。主人公深知自己是他们生命的延续，所以不能回朝鲜。"活下去不死，让秋叔叔当年的愿望变成现实，已成为我此生最大的责任和使命。"②从金英子的叙述状态可以看到，这是创伤后应激障碍的症状，而且这已经严重影响了她的生活。此前，金英子没有讲述创伤的渠道或不具备讲述的条件，就只能压抑着自己的情感，沉湎于回忆中。这种精神创伤的影响一直持续六十多年，闯入性记忆、记忆残留，使得她总是回想创伤的每一个场景，反复自发地强化创伤记忆的每一个细节，这也导致了两个金英子在时空间隔中不断对话交流。

《音乐会》中"经历时自我"和"讲述时自我"的对话间有明显的区别，由于时间的关系，金英子在回忆自我中感受到一种时间的距离感，对过去的回忆不但唤醒了她的记忆，更是她面对调查者进行的又一次隔空自我对话。她是一个自我回忆、自我讲述经历的抗联英雄，她的自觉意识源于"涉外事件"，讲述让她与过去的自己再次隔空相遇。"在第一人称回顾性叙述中（无论'我'是主人公还是旁观者），通常有两种眼光在交替作用：一为叙述者

---

① 朱秀海. 音乐会 [M]. 北京：团结出版社，2020：535.

② 朱秀海. 音乐会 [M]. 北京：团结出版社，2020：549.

'我'追忆往事的眼光"；另一为被追忆的'我'正在经历事件时的眼光。"①
实际上，小说是由"经历时自我"（清纯年少的金英子）和"讲述时自我"（风
烛残年的金英子）的双重聚焦并相互作用带来对话。"讲述时自我"的聚焦就
是"这两种眼光可体现出'我'在不同时期对事件的不同看法或对事件的不
同认识程度。它们之间的对比常常是成熟与幼稚、了解事情的真相与被蒙在
鼓里之间的对比"。② 通常来说，讲述时的自我要比经历时的自我更加成熟、
更加睿智。在讲述时自我和经历时自我之间存在着时间上和心理上的叙事距
离。在第一人称回顾性叙述中，讲述时的自我属于外部聚焦，经历时的自我
属于内部聚焦。讲述时的自我和经历时的自我可以不断变换着对所叙述的事
件进行聚焦。这就有效地展现了金英子正在经历时的内心世界，充满诗意的
内心独白，流畅的讲述都是由于两个自我在变化着叙述弥合了人物年龄身份
不相吻合的话语，因为小说写的是一个八十一岁的老人叙述自己成长的故事。
在很多时候，金英子都是那样稚气天真，对于现实生活还懵懂无知，这个正
在经历的自我就无法完成这一叙述任务，需要有一个"经验主体"来完成叙
述主体从有记忆开始到十几岁的少女感知不到的事。也正因为有了经验主体
的参与对话，金英子的所见所闻、所思所感才有可能呈现。

　　小说中有表面看上去和主人公身份不相符合的话语，这造成叙述不流
畅的现象，其实就是"讲述时的自我"话语的参与。在第一天，金英子讲述
十三岁的自己在寒冬腊月早晨摸着黑替妈妈送情报，遭遇到日寇被逼迫脱光
衣服，于是就有这样一段作为经历后的金英子的叙述："现在想起来真是不可
思议，一刹那间，那么小的我怎么能下定那样的决心：我在一群人面前脱光
衣服会害臊，可在一群畜生面前，我不害臊！"③ 从人物经历来看，尽管金英
子年龄还小，但当看到荷枪实弹的日本兵封锁了她家通往的矿上的路时"我
的心咯噔一下，就像是什么东西碎了——那是我的心，从那个时候起就碎

---

① 申丹. 叙述学与小说文体学研究 [M]. 北京：北京大学出版社，1998：223.
② 申丹. 叙述学与小说文体学研究 [M]. 北京：北京大学出版社，1998：202.
③ 朱秀海. 音乐会 [M]. 北京：团结出版社，2020：33.

了！"① 当亲眼看见妈妈被吊打而死，尤其是弟弟被狼狗吃掉的痛苦是她永远无法摆脱的，如"一口口吐了好多血"昏死过去、"我哑着嗓子哭了一天一夜""我看到了它，这是一团黑暗；……正因为我看到了它却不知道它到底是什么，才觉得它比任何能看清的东西还要可怕！"② 她遭受灭顶之灾，流露出强烈的异国孤儿无所依傍的情感。而已经知道"它"是什么，却不敢说出来。这恰恰是一个孩子正常的反应。这可以从上文中对作者创作心态找到印证。因此，从这个角度看，小说中多次出现的这种文本叙述的不顺畅，正是"经历时的自我"和"叙述时的自我"进行对话的结果，"经历时的自我"那种孤苦无依的状态已经感染了"叙述时的自我"。这两个主体之间的对话造成了小说叙述风格的错落和差异，构成了小说叙述的张力。

金英子不断地被保护，再加上求生欲望促使她一次次逃离死亡的魔掌。在这个过程中，她越来越深切地感受到生命承受之重，她要负担着整个十六军的嘱托，负担着让十六军不死的重任活下去，这关系着一支抗联队伍的命运。此时，作为"叙述时的自我"才与作为"经历时的自我"融为一个金英子，小说弥合了人物的那种分裂感。当金英子得知爸爸已经不在人世，丈夫汪大海牺牲前把十六军军旗托付给她时，她拒绝回到朝鲜，毅然留在中国。这个决定无疑是成熟、坚定的，因为只要自己还在，抗联十六军就存在，日本人就休想消灭抗联！客观上看，"叙述时的自我"和"经历时的自我"之间存在的差异，正是作家潜意识的审美传达。作家让"叙述时的自我"所表达的哲理思考恰好起到了引导和控制"经历时自我"认知的作用，这正是作家创作的思想价值和情感指向。

二、受访者与采访者的对话

小说离不开对话，如前所述，金英子在调查者马路面前，回望并讲述六十多年前的那段经历，这是一种跨越时空的自我对话。作家想要展开的对

---

① 朱秀海. 音乐会 [M]. 北京：团结出版社，2020：37.
② 朱秀海. 音乐会 [M]. 北京：团结出版社，2020：42.

话是按照自己的"期待视野"设置的，他不仅需要预设对话者，还需要一个合理的倾听者，从这个意义上讲，小说的对话是指文本中叙述者和倾听者间出现的交流，甚至是辩论、反思的声音，是主人公对所经历生活的讲述，也包括自己的思想斗争。确切地说，《音乐会》中金英子和马路的对话属于被调查者和调查者的对话，只不过是特殊的情境使得二者的关系自然而然地转化为受访者和采访者的关系。作为对话者，叙述者在讲述故事的同时，还与在场的调查者进行适时地交流，这使倾听者不是以旁观者的姿态，而是以一种在场者的姿态融入故事现场，感受人物所处的情境，并为之情感起伏。确切地说，金英子的讲述让马路震惊。叙述者独有的讲述方式带动了倾听者去发现历史现场中的惨烈并审视人性的本质，其中既有沉静的讲述，又有清醒的交流思考。作家在小说中设置了受访者和采访者的交流，即主人公金英子在讲述自己故事的过程中往往与采访者马路进行交流，这里包含了采访者的灵魂感悟。至此，受访者（叙述者、见证者）、采访者（间接叙述者、间接见证者）情感融为一体，采访者、作家的感情与主人公的生命感受相互印证，建构了一种繁复而又韵味无穷的审美空间"可以开始了吗？""可以。"小说开篇就以这样的方式交流。这样的交流贯穿十二天的讲述："我还是先对你讲一讲乌兰镇所在的地理位置吧。""我还没有讲完。今天我一定要把事情讲完。""你走吧，今天就说到这里，我累了。"第一天的调查式采访就这样结束了，金英子占据了对话的主动权。

作家从金英子个人创伤叙事入手，呈现出她忍受的巨大伤痛。独自面对历史的讲述，这也深深地影响到采访者马路。他的一系列创伤反应展现了对话后的"创伤迁移"，重新检视民族创伤、国家创伤、人类创伤的代际传递，这就是"跨历史创伤"。马路通过金英子的讲述对她的创伤记忆进行了深刻的体验，以至于他也出现了一系列的创伤反应——"记忆残留"。从第一天开始，这种创伤记忆就注定了：金英子提高嗓音让马路离开，他头也不回离开金英子的家，"我需要镇静。"他害怕"方才就有过一次的、如同寒风骤起般掠过她全身、后来又被一种我无法理解的力量遏止的战栗正卷土重来"。^① 第二天结束"她停下来。那种狂扫过雪原似的战栗就要到来的预感，又在我心中清清楚楚地出现了""我走了，风雪声在我身后猛烈地呼啸，我又听到了万万千千的林木摇撼的声音！"^② 第三天金英子讲述结束时，马路匆匆走出去。他怕看到老人如僵硬岩石般的身躯又要剧烈地抖动起来！随后的日记（1）马路记录了自己因连续的创伤体验而导致情绪失控，夜晚在长安街上打人。

到了第五天，对话让马路感到更加痛苦，金英子讲到她和浩二在山洞中等待死亡时：

她停住了，二目前视，眼窝里满是红红的愤怒的泪水！

我沉默着，我只能等她自己回到现实中来。只能如此。

整整过了五分钟……她清醒过来了，用明亮的近乎锋利的目光盯我一眼，大声说："你难道还不该走吗？今天我们谈得够多了！"^③

这种对话持续着，马路离开时还沉浸在金英子的讲述中，他自己已经错乱，后来明白听到的凄厉的嚎叫声来自路边的电线杆和电线，他感受到这些来自木、石的金属物的疼痛。第六天金英子讲到自己为了死去的弟弟（浩二）送行而坚持活着，"我站起来。……我不想看着一个老人在我面前流泪。……出了门，我为什么要哭？"^④ 第七天马路的创伤不断加深，"我一直在颤抖。一天都在颤抖。不是为她的疯狂的故事，而是她讲述自己这个疯狂的故事时的平静。她讲着它们，竟像讲一个平常的事。……她今日能如此平静地叙述它们，本身就是疯狂"。^⑤ 多少次讲述时，金英子都像忘掉了马路的存在。到了第八天，在讲过赵阿姨和小玉的惨死后，金英子忽然急急地下逐客令：她想一个人哭一会儿……当听到金英子说在日寇残杀了赵阿姨，活活吃了小玉后，自己失去了生命中最珍贵的音乐和音乐会，马路忽然战栗不已，他痛心地发觉老人一直身处在六十多年前。几天的调查让马路内心受到严重的创伤，

---

① 朱秀海 . 音乐会 [M]. 北京：团结出版社，2020：44.

② 朱秀海 . 音乐会 [M]. 北京：团结出版社，2020：114.

③ 朱秀海 . 音乐会 [M]. 北京：团结出版社，2020：319.

④ 朱秀海 . 音乐会 [M]. 北京：团结出版社，2020：357.

⑤ 朱秀海 . 音乐会 [M]. 北京：团结出版社，2020：436.

异常惨烈的抗联历史使他神经衰弱，失眠症严重。他在给局领导的报告里提出请求更换适合的人接替他。采访者和受访者持续的对话不但呈现了历史的创伤，也证实了创伤的代际传递性。

对话带来采访者和受访者的关系缓和，直至感同身受。金英子已经习惯于沉浸在往昔岁月中，她本不欢迎马路以调查者身份出现的，在她看来，马路不是倾听者。但随着讲述的深入，这种关系开始变化，尤其是她讲到和浩二在山洞中经历人狼大战时，马路控制不住流泪了，金英子劝说他不要流泪，而且强调流泪与他的身份不符，并安慰他自己要讲到快乐的日子了。马路从对话中可以感受到金英子对抗联亲人们饱含深情，情之所至，她也会将本不愿讲述地说出来：秋叔叔带领游击队历尽艰辛守住了江北的根据地，这让赵尚志深深的敬佩。讲述的愿望一发不可收拾，即使是马路经受不住故事带给他的战栗和失眠而病倒住院，金英子也不等他出院，她用录音的方式继续讲述。小说在金英子讲述的过程中常常会插入与采访者的对话，金英子告诉马路自己漫长的一生是在战争、音乐、誓言里活着的，尤其是活在誓言里：秋叔叔一家对妈妈的誓言，西征前汪大海对秋叔叔的誓言，秋叔叔牺牲后自己对他的誓言，自己和浩二之间的誓言。这些誓言都是围绕一个核心——一定要活下去。这是最艰难的，但只要自己或浩二活着，抗联十六军就活着。在这个意义上说，金英子和马路的确都成为见证人，都感到必须为历史和当下发生的事做见证。这与其说是一种情结，不如说是一种责任。虽然马路没有做什么价值评判，而是伴随着叙述者或平静或诗意的讲述，与之进行现场交流。这样的叙事方式减缓了小说叙事的节奏，缩短了时间和空间的距离，增强了对话效果，也凸显出小说的悲剧意蕴。

《音乐会》中的受访者与采访者的对话不仅体现在金英子和马路身上，还有马路与科学院病理研究所的陆子羽教授的对话。从叙述层面看，这是显示作家探索性、思想性和文体实验的对话。而从思想层面看，这种对话本身就很艰难，在马路努力争取了五天之后，对方只同意电话回答他的问题。马路本来是在寻求权威专家的帮助，对话的结果却证实金英子是一个病人。陆子羽明确地告知马路：一个老人能将几十年前发生的悲惨的事清晰顺畅地回忆起来，她就是患有一种叫作"记忆残留"的病。这次来之不易的艰难对话结果是，马路非但没有得到自己想要的答案，即金英子的讲述不是真实的，反而从病理学上确认了她记忆的真实性，她是典型的记忆残留患者。马路犹如经历噩梦般异常恐惧，他被这一结果压迫得喘不过气来却无处可逃，但现实却无情地提示他经历的一切不是梦。

这次对话对于马路来说是致命的一击，他才真正意识到金英子是患有"记忆残留"的病人，每天伴随她的是战争的枪炮声、狼嚎声，她一直生活在残酷拼杀、突围、狂奔、转移中，她已经在自己经历的伤害中度过漫长的人生并将继续度过余生。最让他痛心疾首的是，自己却毫无感知地用所谓的问题血淋淋地揭开了金英子的伤口，使她陷入更加严重的伤害中，马路为此而深深地陷入窒息性的自责中。对话到此，专家陆子羽因遇到典型的记忆残留病症反而兴趣陡增，他一改先前的冷淡态度，主动提出要与马路和病人见面。此时的马路却挂断了电话，结束了这场艰难的对话。这场对话使得马路渐渐变成了金英子，还原历史的责任感让他不能放弃与老人的对话，而可怕的记忆残留开始折磨着马路，他病倒住院了。此恨绵绵无绝期，战争胜利了，但留在亲历者和倾听者身体及灵魂的创伤是永远难以治愈的。小说中的采访者和受访者会超越文本继续对话，创伤的代际传递还会持续。

"作品诞生以后，是一个存在。它可以不依赖作者而不断与读者交往、交谈；它不但能对现在的读者，还可以跨时空对将来的读者传达交谈。"[①] 从这个意义上说，关于《音乐会》的对话从出版之际已经开启，对话由作者与自己扩大到叙述者与倾听者、作者与读者，甚至延伸到历史文本与文学文本等之间，今后还会有无数的"采访者"通过阅读与"受访者"（文本）进行对话，这种对话已经超越审美诗学范畴，在作家、作品和读者间互相影响、互相作用，进而重新建构一种广义的诗性对话，生成了小说叙述的文化意义。

三、超越国族的创伤疗救

《音乐会》的独到之处不仅在于关注金英子个人的创伤，而且将抗日战争

---

① 叶维廉. 中国诗学 [M]. 上海：上海三联书店，1998：138.

及由此而引起的个人、民族、国家创伤置于二战这一历史语境下予以重新审视。"作者与作品的相遇是一种'对话',是一种'交谈'。"① 作家借着调查让叙述者在精神上与自己对话,作家也在对话中进行自我疗救,来弥补这段历史真实带来的精神创伤,以期与痛苦不堪的自己达成和解。作为评判者,金英子的叙述不仅是对整个抗联历史做出深入思考,还对自己经历中的重要节点进行反省,尤其是她怀疑自己吃过人的痛苦讲述,这是《音乐会》的深层叙事,更是叙述思想的最深层。反省者的角色让叙述者既成为事件的亲历者,又超越于经历本身,具有更为客观冷静的视角。主人公的多重角色决定了小说独特的叙事结构和审美内蕴,作家通过三位一体的叙述将历史现场、现实交流、深层反思结合,彰显出小说的思想深度和审美厚度。金英子的创伤具有历史性,但现实中渗透的无法愈合性不仅体现在金英子本身,还体现在倾听者马路身上,讲述行为本身是金英子对创伤的释放,也提供了一个历史文本,创伤文学的书写是对历史文本的"创伤迁移",小说通过多重对话实现了历史文本与文学文本的互文共见。

《音乐会》的素材依赖于作家以前的采访和大量的史料,小说文本与历史文本是具有互文性的。小说通过文本间的互文性来与其他文本(包括调查者与讲述者的对话、历史资料、日记、报告、电话记录等)与读者进行对话。这种叙述本身就改变了文本的单一化、不可复制化,超越历史时空将过去和现实沟通起来。如果说,作为"历时性"文本的历史和作为"共时性"文本的文学构成的互文性已经完整地建构了《音乐会》的结构,那么,创伤则成为连接了调查者和叙述者的心灵纽带。"创伤症状"是指,创伤事件以某种症状的方式呈现在创伤主体身上,是创伤记忆被转换成叙事记忆之前,创伤主体的一种表现状态。创伤症状主要包括:闪回、噩梦、侵入式回忆、规避、情感麻木、过激反应等。创伤症状通过语言或非语言形式对创伤事件予以表征或操演。金英子过去经历、并一直持续到现在、将来还将面对的伤痛深深刺伤了马路,创伤本身不但无国界,还会超越代际的隔阂。过去创伤将不同

---

① 叶维廉. 中国诗学 [M]. 上海:上海三联书店,1998:139.

国家、不同民族的人加入抗联十六军。现在跨越六十多年的创伤将后来者与亲历者紧紧联结在一起。《音乐会》互文性表征为解读抗日战争提供了新的视角，金英子一次次关于死亡的见证，细致恐怖地揭示了历史真相，日寇灭绝人性的杀戮令人毛骨悚然。第九天，马路又给局领导写了第二份报告，明确要求换人：

八天来我的失眠越来越严重，也让被调查者陷入痛苦的回忆。我不知道这样下去，我会不会任务还没有完成，精神就已崩溃。

我没有她的经历，可能负担不起她一生都在负担、回忆和咀嚼的那些残留的记忆。将她讲述的那些旧事接过来压在我的心头一点儿也不是我的愿望。

我真正担心的是我可能也患上了那种叫作记忆残留的可怕的病。①

通常来看，人出于自我保护的本能，会有意识或无意识地将创伤记忆剥离，以免受到二次伤害。也就是说，创伤记忆与创伤事件之间在一定阶段存在断裂，创伤主体不能记得、不愿意记得到底发生了什么，或者不能理解所发生的事件对自己意味着什么。起初的震惊、恐惧、悲伤导致创伤主体马路主动或无意识地隔离创伤事件，想要放弃调查任务，因为创伤经历让他产生一种强烈的痛苦，这种经历还以创伤症状的方式在马路身上体现出来。第九天结束，事情真的如马路预料的那样，他已经成了金英子，回到了六十多年前的抗联情境，此后他住院了。马路这一艰难的体验过程是以逐渐融入这一历史为结局的。这一创伤叙事的互文性并不局限于调查者和被调查者，它还具有跨越国家、种族、文化的互文功能，甚至是跨越时空的战栗，引发人类的对话、共鸣和尊重，因为创伤是人类共有的生存体验，关涉到人类共同的福祉。《音乐会》超越了单一的创伤叙事，表征金英子的讲述对马路这个调查者、记述者生命的影响，其实这就是作家朱秀海经历大量采访之后最为真实的体验。

"创伤性事件的主要影响，不只在自我的心理层面上，也联结个人与社群

---

① 朱秀海.音乐会[M].北京：团结出版社，2020：469.

的依附和意义的系统上。"①受创后的主人公更偏向于孤僻、自闭，退休后的金英子喜欢独处，拒绝和子女住在一起，将自己放逐到正常人生活之外，她就待在自己如抗联密营一样的家里，沉浸在过往的伤害中，唯一等待的是浩二赴约。那段秘密录音文档恰恰揭开了金英子那个"难以言说"又"不得不说"的秘密。作为潜在的文本，金英子的行为是不被人理解的，六十年过去了，只有患难与共的浩二才能真正理解她。她想要倾诉自己的沉重与撕裂，却又难以对马路说出来。这不是逃避，而是她难以确定自己是否真的吃过日寇剩下的人肉或者母狼"花花"一家，她受到幻觉、昏死等因素的影响而不能客观、真实地回忆；但是她想摆脱这一创伤的困扰，讲述就成为唯一的途径。她独自咀嚼、背负这一重担已经六十多年，不堪回首的创伤她已经诉说了，这个秘密只能讲给和她有着共同创伤记忆的浩二弟弟。而松下浩二的所谓"疯癫"病，实际上是外界对他人身自由的剥夺，也是丧失话语权的表征。"疯癫不再是绝对的抗争形式，而代表了一种未成年地位，即没有自治权利"②浩二被当作精神病是因他坚持到中国找朝鲜籍的姐姐，他说自己参加了东北抗联。这就意味着浩二按自己意愿赴约等正常人的权力被剥夺了。作为幸存者，金英子无时无刻不在经受着内疚感的折磨。她根本无法遗忘这段灾难性的经历，幻觉、闪回成为她逃不脱的精神障碍，以见证人的身份叙述记忆来缓解心灵的创痛，这是她寻求心理治愈的可能途径。如果没有倾听者，她无法真正成为一个见证人，创伤无处诉说。"涉外事件"恰恰为她的讲述提供了条件，尽管她起初抵触这种调查。

　　事实上，《音乐会》也是朱秀海自我对话并寻求自我疗救的文本。为完成纪实之作《红的雪　黑的土》，作家经历了艰难的采访，他因接触到令人恐惧的真实而带来的战栗一直持续。从个人的微观历史学角度而言，作家的个人记忆与历史之间始终存在着隐秘的紧张关系。采访抗联老战士，查阅大量的

---

① ［美］朱迪思·赫尔曼. 创伤与复原［M］. 施宏达、陈文琪译. 北京：机械工业出版社，2015：51.

② 米歇尔·福柯. 疯癫与文明［M］. 施宏达，陈文琪译. 上海：上海三联书店，2003：233.

历史文献，这些摧毁了朱秀海"以前有关这段战争史的全部知识和想象"。[①]
他只有通过写作，在创伤与想象中将精神上承受的巨大痛苦转化为文字，在
现实与历史中穿梭缓解苦痛，才能寻求与自己的和解。从小说命名、叙述方
式的选择等可以看出他在极力去除血腥和残酷，作家有着非常清醒的现实冲
动，认识到现有的文学书写并不能还原历史的复杂面目，这是他不得不写《音
乐会》的源动力。这部小说对读者的震撼要远远超出了以往的作品，毕竟那
些发生在冰天雪地的惨烈史实不断地撞击着作家的心灵。朱秀海深刻地意识
到，如果这代人的独特记忆不能写入文学史图谱，那么这段历史就面临被遗
忘的悲剧命运，他不能接受这一事实。从另一个角度说，他清醒地意识到如
果他不去书写抗联历史，文学地形图上将永远不会有这种真实的图景。而他
采访到的大量素材恰恰具备其所需的创作条件，作家既找到了书写的方向，
又在过去与现在，虚构与纪实中实现了小说本身的审美旨趣。

　　《音乐会》对东北抗联历史进行了独特的编码，作家通过多重对话去建构
了丰富的指涉信息。金英子精确地呈现具体的历史事件，形成了独特的对话
诗学，这些扩大了小说的容量，增强了小说的张力。十八年间经历三个版本
的修改，在2020年版的《音乐会》腰封上朱秀海写给读者的文字表明他创作
的对话旨归："这就是历史。当初做噩梦的是我，现在轮到各位了。我甚至不
能说'对不起'这三个字，原因是这段血腥得让人战栗却英勇无畏的历史不
是我杜撰的，它是中华民族经历的一段真实的生活。我没有回避，你们也不
应当回避，它无可回避。"小说建构的多重对话实际上是对东北抗联的历史进
行审美的叙述，将那些历史画面艺术定格，建立文学的纪念碑。正因为不同
叙述层面的多元对话与交融，《音乐会》才具有了不断阐释的空间和自我生成
的魅力。

　　《音乐会》以时间轴来架构故事，以空间的变换穿插其间，时空穿梭的
诗性描写显现出强烈历史性和厚重感。在历史叙事的表层下，小说深潜着悲
悯的人类情怀，这种历史理性激活了叙事，也是文本叙事的内驱力。国家民

---

① 朱秀海. 此痛绵绵无绝期——长篇小说《音乐会》再版絮语 [N]. 解放军报，2020–03–21
　（008）.

族的历史创伤需要治疗，回忆、讲述成了拒绝遗忘的重要方式，由此带来的对话将永远继续下去；而战争给人类带来的创伤更不容忽视，通过对话，一代代不同民族、国家的读者会感受到罪恶的战争带给主人公痛彻灵魂的心悸，一次次"经历"金英子生命极限的挑战，这种创伤超越了国族身份，成为人类永远的伤痛。这是《音乐会》作为抗战小说的应有的人类视野，无论在思想价值还是审美经验上，它都代表了新世纪抗战小说在人类视域的成就。

第七章

《密林火花》：东北抗联历史的真实书写

    高方贤通过挖掘史料资源等方式，以坚守史实的精神立场对抗联的历史进行深入挖掘，给我们还原了东北抗联活动的真实现场。高方贤突出英雄人物人性化、反面人物立体化、中间人物复杂性的特点，通过多层次的人物塑造来实现人物的真实还原。高方贤借用通俗小说的元素和语言形式来还原抗战地区的人民的生活状态和反抗立场，通过抗联歌曲来表达人民不甘被奴役积极反抗的精神状态。东北抗联文学承载了中国抗日战争时期的我们民族的记忆，民族血脉在这里传承，而高方贤的纪实小说《密林火花》正是这流淌的血脉中跃动最持久的一脉，经过了近半个世纪的岁月长河的冲刷，至今仍然焕发着持久的青春。在反法西斯胜利六十年之际，跨越了世纪的阻隔，凝聚着作家心血的纪实之作才能与读者见面。《密林火花》将几代人的记忆打通，带我们追寻抗联历史，体味"松花江水流不停，不荡日寇心不平"（出自《纪念重走抗联路活动组诗》）的抗日豪情，展现峥嵘岁月中那个一寸山河一寸血的时代记忆。

第一节 历史的探寻：走进真实的现场

    2005年是中国人民抗日战争暨世界反法西斯战争胜利六十周年，出版界精心推出了一批优秀的抗日战争出版物。高方贤的《密林火花》就是在这种背景下才得以问世的。作为一部纪实文学，高方贤用史执笔，以实动人，为我们书写了东北密林中的抗战传奇。

一、追根溯源的史实挖掘

《密林火花》的纪实性让它在抗联文学中占有不可或缺的地位，这得益于高方贤采用追根溯源的方式去挖掘抗联斗争史实。为了追根，高方贤寻访当年抗战事件的亲历者，无论是普通群众，还是抗联战士都成为他采访的对象。为了进行深入地溯源，从1956年到1959年，高方贤用了三年的时间不断地多方收集资料，从报纸专题到地方党史课题的编写中不断地对抗联资料进行重新审视和探究。这些准备都为《密林火花》的书写奠定了深厚的基础，也正是有了这样的积淀，《密林火花》才有了真实性和历史的厚重感，此书也因此才能在沉寂半个世纪之后，仍然焕发出独特的魅力。

为了探寻历史的真实，高方贤不断地通过翔实的资料做支撑，找到历史的原点，给后人展示了掩藏在岁月长河中的人物真正的灵魂，最终凝成了这一本东北抗联斗争传奇。"具有沉重感的报告文学作品，在某种程度上也就意味着作家对于生活沉入了相当的深度；沉入，便会负重；负重的作品才有它的分量。"①《密林火花》以其真实性和采写、出版的艰难性表征了其负重的分量。早在1956年，高方贤在《新宾县报》担任主持工作的副主编时采访了当年一直接待杨靖宇将军住自己家的蒋国安，他不但提供给高方贤很多有关于东北抗日联军以及杨靖宇将军的英雄事迹，还提供了几个知情人的线索。通过这些资料，高方贤完成了《巧袭大四平警察署》，并发表在县报上。1959年，高方贤开始收集地方党史资料，同时也开始了课题《东北抗日联军在新宾的活动情况》和《中国共产党在新宾地区的组织沿革》的调研工作。高方贤深入采访了包括杨靖宇的贴身警卫员黄升发在内的13名抗联将士，还有从事地方工作的8名工作人员，后来又走访了12名知情的群众。这些充足的采访素材、文物、资料成为高方贤创作的坚实基础。

在挖掘史实、收集材料的过程中，需要作家不断地从广度上发现历史，寻求更多的事件亲历者，记录下他们的声音，同时更需要作家用踏实的心态沉淀下来，对这些材料进行深入的研读和总结，只有这样才能使作品在丰厚

---

① 丁晓原. 论九十年代报告文学的坚守与退化 [J]. 文艺评论，2000（6）：27.

的积淀之下有着合理、精确的表达。高方贤用三年的时间收集资料，又经过三年的反复修改，在一开始报刊上发表的抗联传奇的基础上，通过党史资料的丰富、完善才形成了《密林火花》的初稿。在选取《密林火花》的创作素材的时候，高方贤充分融入了自己的思考，典型地体现在《东北抗日军第一路军歌》的版本选择上，"我对照以后，有一些自己的想法。认为原来歌词是四段，不是五段。这主要是根据：一是当年我采访时，抗联战士唱的没有这段；二是军歌内容是振奋部队士气，激励战士的。不应该在军歌当中提出对各社会、各阶层、各民族的要求；三是军歌旋律是进行曲，五段歌词中的第三段不是这旋律；四是杨靖宇的文笔功底不浅，可五段中的第三段既不合仄，也不押韵；五是杨靖宇将军在创作这首歌的时候，又创作了《中韩民众联合抗日歌》，强调了中韩两国民众联合抗日，他不会将同一个歌曲内容重复地运用到军歌当中去"。[①] 由上述分析可以看出，高方贤在选取收录内容时是充分依据当事人的回忆、素材的内容和当时社会背景的关系、整体旋律以及创作者的知识水平等方面综合考虑来筛选素材，体现了作者在素材选取和组织方面的综合判断和思考。纪实文本中选取的《五恨歌》《雪花飘飘一片白》《东北人民革命军》《满洲士兵兄弟们》《人人都齐心》《追悼歌》等歌曲，也并不是高方贤直接罗列出来的，而是根据小说的具体情节适时合理地引出相应的歌曲，在叙述故事的同时也能让读者感受到东北抗联文化现场感的还原，这充分显示了高方贤精到而又朴素的艺术表达。可以说，在众多的抗联文学作品中，《密林火花》不一定是最轰动的；但值得称道的是，珍贵的第一手资料再加上高方贤本人对东北抗联生活的长期"深入"，都使得这部"负重"的作品在东北抗联文学史上有着不可被忽略的地位。

二、坚守史实的精神立场

《密林火花》是高方贤坚守史实的精神立场的体现，这种精神一方面体现在作者个人对史实的坚持，即使是面对种种逆境都是坚持了自己的书写真实

---

① 卜令伟. 肩负使命前行的印记 [N]. 友报，2007–11–02.

的精神立场；另一方面则是此书在客观上对东北抗联的历史进行了还原，作家用人物命运来折射时代的变迁，传递了亲历者和见证人关于东北抗联的历史记忆。高方贤写《密林火花》的目的很明确："就是缅怀先烈，教育后代，激发中国人民的爱国主义热情，谱写中华民族伟大精神。我总结两句话：一是亡国奴不是人当的；二是新宾人（扩而言之）中国人不是好惹的。"① 为了缅怀先烈的伟大抗争精神，更是为了教育后代勿忘国耻，高方贤以正视历史、直面历史的态度进行艰苦的努力。初稿完成后，他三易其稿，历时四年才最终定稿，之后他一直坚守阐述事实的立场，"高方贤深深感到，沦为亡国奴的东北人民所遭受的苦难不是一般'水深火热'等抽象词汇所能形容得了的，他们所进行的不屈不挠的斗争精神是令人敬仰的。如果不把他们所遭受的苦难和表现出的英雄气概写出来传下去，是他们这代人没有完全尽到自己责任的表现"。② 正是拥有了这样的历史责任感，高方贤怀抱正义，坚守良知，坚持还原事实的立场进行创作。

坚守历史真实的精神，即使身处逆境，仍然尊重史实，这是高方贤作为一个纪实文学作家的持守。"文革"时期，《密林火花》成为高方贤的"罪状"，在各类声势浩大的批斗场合，甚至是在农村的"五七干校"，这部作品都被批成"大毒草"，还出了专栏来彻底批判未出笼的"反动"小说《密林火花》。高方贤经受着三九天被迫站在专栏下挨饿受冻等折磨，这些都不能改变坚守历史真实的立场。在结束"干校"批斗生活到农村插队前，高方贤还找到造反派，要求他们退还自己的书稿。任何困难都不能击垮一个有责任感的作家再现历史真实的勇气，更不能消磨掉一个纪实文学作家对真实的坚守精神。"真实性问题并不是什么高深的理论问题，而是一个良心问题、勇气问题、制度问题。"③ 半个世纪的时间过去，文学家的责任感让他跨越时间的阻隔，打破了半个世纪的沉默，为我们重新书写那个发生在深山密林的东方传奇，这大

① 阎玉娇.跨越半个世纪的历史记录[J].党史纵横年代，2005（10）：51.
② 阎玉娇.跨越半个世纪的历史记录[J].党史纵横年代，2005（10）：51.
③ 章罗生，苗文娜.开创中国纪实文学研究的新局面——全国"纪实文学的创作现状与理论建构"学术研讨会综述[J].当代文学研究资料与信息.2009（1）：18.

大增加了东北抗联文学的历史厚重感。

高方贤抱定了坚守史实的精神立场，对东北抗联的历史进行了全面的还原，将那段充满着血与泪的悲壮历史融入柳树村村民的生活中，既为我们还原了东北抗联战士的抗战活动场景，又传递了东北抗联精神；更为重要的是给我们保存了日军的侵华罪证。史实性是高方贤赋予《密林火花》的灵魂，他对史实进行艺术的再现，小说从李忠老汉一家的悲惨遭遇深刻地揭示出普通民众几经抗争却无路可走、家破人亡的残酷事实：李家人各个老实本分，却被迫做苦工；女儿也因貌美而被抢走，最后被折磨至死；而李忠老汉的老伴在疾病的折磨下失去了生命；李忠本人也惨死在敌人的屠刀下。东北人民逃不出这样悲惨的境遇，于有德在参加革命之前也经历了父亲被日本人杀害、自己被警察讹诈、又被地主剥削从柳树村出逃到县城，在矿上做苦工还要忍受日本人的鞭打折磨，最后一家人差点被困死在县城的窝棚中。在日寇的非人的蹂躏下，背负了深重苦难的人民渐渐觉醒：只有联合起来共同抗日才能寻求出路。高方贤以史家的态度实现"尽可能全面翔实史料的展示，还原多元共生、丰富复杂的当代文学的本真状态，靠史实说话，以史实取胜"，[①]用良知执笔，以责任铺陈来为后人填补这段隐藏在东北密林的真实历史。

第二节　丰富的人物：多层次的真实还原

虽然成书在半个世纪前，《密林火花》中塑造的人物已不再是扁平的、脸谱化的，他们在高方贤的笔下有了真实立体的还原：英雄具有普通人情感的一面，反面人物也有觉醒的意识，作为中间人物的农民也有复杂的心理。高方贤在塑造人物形象时，更加贴近历史真实，更加符合东北抗联人物本身朴素的特质。

① 吴秀明.中国当代文学史写真 [M].杭州：浙江大学出版社，2002：12.

一、英雄人物的常人化

高方贤笔下的英雄人物虽然仍然是当时意识形态影响下的产物，但可贵的是，作家写出了他们身上作为普通人的元素。革命文学中塑造英雄人物十分常见的就是各种"高大全"的人物形象，而为了显示革命队伍的纯洁，正面人物通常是神圣崇高的英雄形象，脱离了正常人的悲喜苦乐，成了近乎"神"的存在。邵荃麟曾在《谈短篇小说》一文中，曾批评过这种"把英雄人物不同凡俗似的高高供奉起来"，"好像英雄人物就是一天到晚在斗争，不食人间烟火似的"。① 这种作者将社会理想融入个人形象塑造的描写会因为人物出于宣传共同的革命理想的考虑有着类型化、模式化的塑造，从而使人物塑造面临失真的窘境。

由于作者所处的时代背景和作者主观个人情感等因素的影响，高方贤的笔下着墨最多的小人物成长起来的英雄人物开始剥离这种失真的神性。这类英雄脱离了神的光环，不再是天生就有了足够高的政治觉悟，或者是毫无缺陷的完人。《密林火花》中塑造的典型人物就是于有德，他并不是一开始就有进步的思想，王志坚劝说他参加抗联的时候他仍然怀疑革命，对伪政权还是抱有幻想，甚至在个人经验主义的支配下对红军有极大的抵触情绪。他走投无路逃往城里，经历儿子饿死，甚至为了所谓的"天花"嫌疑一家人差点被困死的悲惨遭遇后，于有德才认识到"鬼子的天下，没有穷人的路"。从最初的忍气吞声到逐渐觉醒再到主动抗日，于有德经历了一个普通农民成长的过程，通过对现实认识的不断深化，他逐渐成长为一名东北抗联战士。王志坚则是出场就拥有坚定的革命信念的，但在革命过程中因为认识问题，仍存在斗争方式方法上的缺陷。他过于乐观地估计抗日斗争形势，甚至对金忠根善意的劝告也并不服气。但他对革命的信仰是坚定不移的。被捕后他坚强不屈，经受住了敌人的各种酷刑，最后英勇就义。李大林则在热情抗日中暴露出过于鲁莽的缺点，为了刺杀孙金富，他不听组织的安排，要不是英武及时相救

① 庄锡华. 国民精神与中间人物——邵荃麟美学思想一瞥 [J]. 广东社会科学，1998（01）：121.

很可能就会因为自己的过失而付出生命的代价。

虽然撰写《密林火花》是在20世纪60年代，但在高方贤的笔下，英雄不再高高在上、没有一丝烟火气，英雄没有走上神坛，成为有血有肉的人物。作者在《密林火花》塑造了多个英雄人物，杨靖宇、胡光、金忠根、于有德、王志坚、李大林等人都是作者塑造的抗日英雄。他们身上都蕴含了作者坚定的民族信念和理想，有着对革命忠贞、甘于为国牺牲奉献的共同点。因为受到当时作者的审美理想创作的影响，在创作这些人物时，作家多少还会保留一些类型化的倾向，但这并不完全是作者个人感情的图解。主要的英雄人物则是作者对真实人物的还原，人物从神圣的英雄光环下退出，他们身上开始有了普通人的缺点，这更加贴近真实的东北抗联战士形象。

二、反面人物的立体化

高方贤的《密林火花》在写到反面人物时，没有对人物进行简单的脸谱化塑造。小说中的反面人物中也是多种类型人物的集合，作者也写出了反面人物身上的部分闪光点，这在当时是难能可贵的，毕竟人是复杂的存在。高方贤描写大部分反面人物时，仍是受到陈旧的审美体验的影响，可贵的是高方贤能正视反面人物这个群体，正确看待他们的长处，也写了他们中良心未泯、甚至迷途知返的人物，这为人们提供了对人物新的评价和认知参考。

毛泽东在《在延安文艺座谈会上的讲话》谈到人物塑造要以写光明为主，可以写工作中的缺点和反面的人物，但是这种描写只能成为整个光明的陪衬。高方贤笔下的反面人物，有一部分是面目丑陋、行为滑稽的，而且作家赋予人物的绰号能够贴近人物的特征。反面人物警察署警长朱雁舞就是这样的典型，他的绰号是"厌忤"，相貌则是"高个子，瘦得像个大虾"，个人习性也是"喝大酒、耍大钱、逛窑子，好事打灯笼找不到他"。[①]他横行乡里，被人们唾弃。日本队长安田因为相貌丑陋被人称作"皮球"，行为动作也无非是"奸笑""露出野兽要吃人的狰狞相"。这类人物还有朱海堂的管家，因为外貌

---

① 高方贤. 密林火花 [M]. 沈阳：辽宁人民出版社，2005：27.

缺陷被称为"王二狗"。作家利用反面人物的这种"丑"所具有审美功能："丑是一种背景，用以衬托美的丽质。丑往往比美更能揭示内在真实，更能激发深刻的美感。"①高方贤在描写反面人物时充分发掘他们的特点，将人物由内而外的丑陋特征进行了细致的描绘，挖掘他们的外貌特征从而展示出他们的猥琐气质，在与英雄人物的对比中更具有冲击力，人物塑造本身寄托了作家的爱憎情感，反面人物有衬托英雄人物的作用。

事实上，高方贤创作中的审美意识也在受到潜意识的支配。反面人物不再是正面人物的陪衬。他在塑造邵本良这个反面人物时，他已经不再停留于简单的符号化和丑角化，也写出了他手握重兵，有智谋和善用心机的一面。在杨靖宇采用诱敌深入之计时，他能够在胜利之际看清形势："邵本良经此一提，猛然醒悟，他觉得这两天战事发展变化的确实有些反常：'杨靖宇不是一个简单的人物，善于掌握兵马指挥进退，抗日联军的士兵，也不是贪生怕死、图吃图喝之流，既然如此，为什么这回杨靖宇败得如此之惨，士兵逃得如此之多呢？'他赶忙勒住马头，下令'停止追赶'。"②而在于有德假装投敌，提供假情报的时候，一开始邵本良还保持着警惕甚至反复试探于有德，以便查处破绽，而在多次试探没有任何怀疑之后，他才下令继续追击杨靖宇的抗联部队。邵本良作为反面人物，虽然人品样貌上仍旧是作为反面形象出现的，但是他的狡猾和警惕意识都是在作家潜意识的审美形态下展现了出来，在一定程度上还原历史的真实，丰富了反面人物形象群。

《密林火花》塑造的反面人物除了作恶多端的之外，作家还描写了一批因为怯懦而成为反面人物的"助恶者"。像袁景升这样的伪军警察，在交战的过程中被队友抛下，经过抗联战士的救助，他认识到自己的错误，但是为了自己的生存不敢表露抗日的立场，直到金忠根与他相认，他才真正进入了革命的队伍。"逼人甚，房门被封置于死"一章中的封门警士，不同于凶神恶煞的警长，警士在封门之前也会有恻隐之心，他劝慰于有德的母亲说："大婶子，这是上支下派，我们也没有办法。你老想想，有没有什么事情要办，有就赶

①　童庆炳.文学审美特征论 [M].上海：华中师范大学出版社，2000：287–288.
②　高方贤.密林火花 [M].沈阳：辽宁人民出版社，2005：309.

快办一下，待一会儿门封上，就不赶趟了。"①《密林火花》给我们展示了伪军警察的另一幅面孔，他们并不是穷凶极恶之徒，他们也是被残酷的现实压迫的懦弱者，只是为了生存他们不敢发声，懦弱让他站在光明的对立面。这样的反面人物，并不是坏到骨子里的，甚至在某个时机的触动下可以感化他们到革命队伍中来。这也是高方贤在当时对"二元对立"创作模式的某种程度突破。作家从多角度、多侧面对反面人物进行描写，写出反面人物的优点与缺点，甚至在写警士这类形象的时候，把人物从身份的阴影下剥离，发掘反面人物人性的丰富性，反而使反面人物更加丰满、更加真实，呈现了特定时代的众生相。

三、中间人物的复杂化

高方贤在小说中成功塑造了誓死抗战到底的英雄人物，但是他也真实地表现了那些立场摇摆的人物，正如指出的那样："东北三省，既是日寇侵略全中国的后方基地，又是进攻苏联的前进阵地。抗日联军的发展壮大，便成了他们的心腹之患。日寇除了加紧施行'归屯'，经济上实行严密的封锁，在军事上加紧'围剿'"②作家真实地再现了在这种严酷的环境下的中间人物形象。那些普通百姓的生活状态和思想情感，客观看来，《密林火花》的中间人物的形象是比较特别的，他们本质上是农民，但是又是与英雄人物有着深厚的情谊，有的甚至是英雄人物的家属。一方面他们是传统积淀下的农民形象的典型；另一方面他们在被教育之后又能有着很高的政治觉悟。他们有着农民陈旧保守、安于现状的忍耐特征，但是这些固有属性也造成了他们因循守旧、不轻易改变的缺点。另一方面他们在面临绝境的时候，经过接受革命和爱国思想的教育，又有着积极参加支持抗日斗争的一面。他们作为"中间人物"优点与缺陷并存。"在人类社会中，社会的矛盾集中于中间人物……只有写好这部分人才能真正反映出现实的状貌、革命的长期性、复杂性、艰苦性，

①　高方贤.密林火花[M].沈阳：辽宁人民出版社，2005：54.
②　高方贤.密林火花[M].沈阳：辽宁人民出版社，2005：172.

将现实主义推向新的高度；倘不将创作的注意力集中于中间人物，回避矛盾，就会使现实主义脱离了它的真实基础。"① 所以《密林火花》对中间人物的描写最能反映出当时社会环境下人民的特殊的遭遇、性格特征和精神状态，毕竟他们处于民族国家救亡图存等矛盾的交汇点上，作家充分地观照到这些中间人物内心的冲突、犹豫和抉择，真切反映出人物的矛盾、性格的变化及原因，这才使得形象成为符合历史真实的活生生的存在。

高方贤在作品中刻画了农民的多样性和复杂性："我国的农民性又是多种多样的，如反抗性、保守性、忍耐性……。"② 这些中间人物作为农民拥有农民保守性、忍耐性的一面，这是他们的固有缺点。于有德的母亲、刘忠和他老伴都是有着农民缺点的。在一开始王志坚在鼓励于有德投身革命的时候，肩负着国恨家仇的于有德是难以找到理由拒绝的，就在他举棋不定时，母亲劝住了他"从古至今，咱们种地的，多咱儿不是受气包？庄稼人啊，就是谁来给谁纳进。报仇，穷庄稼人有啥能耐？刀把在人家手里攥着，你一个人想报就报了？"③ 这话虽是出自有德母亲之口，让他更加动摇了，这种思想也是于有德犹豫与忍耐的根源。农民具有小农意识深厚的本质，传统农民就是得过且过，安于忍耐，满足于个人温饱，这是受压迫的原因。于有德母亲对红军也是极度不信任"当兵的没有不欺负老百姓的，他们能给你报仇？想得倒好。红军！"④ 于母背负着丈夫被日寇炸死的家仇，虽然她也想让儿子替父报仇，但是她不相信红军会帮他们报仇。因此，我们可以看到于有德一开始逃避革命的理由。她的保守性和忍耐性是英雄人物真实性的延伸，而在她这样"忍的哲学"的教育下，于有德作为英雄人物展现了自己不完美的一面，更贴近实际，摆脱了人物在塑造中的"高大全"的模式化，英雄真正走向民众中，更为读者信服。

---

① 小鹰. 究竟什么是"中间人物"？——纪念邵荃麟及"大连会议"五十周年 [J]. 中国现代文学研究丛刊，2013（03）：92.

② 刘江. 工农兵文学典型形象塑造方法论辨——以朱老忠、梁三老汉、杨子荣、江姐等形象的塑造为例 [J]. 新乡学院学报，2011（04）：25.

③ 高方贤. 密林火花 [M]. 沈阳：辽宁人民出版社，2005：13.

④ 高方贤. 密林火花 [M]. 沈阳：辽宁人民出版社，2005：13.

这些中间人物固然存在着缺陷，但是作为无产阶级还是有革命性一面的，既要承认农民阶级身上小农意识的一面，又要认识到他们本身作为农民也有反抗压迫的诉求，也有对革命的热情和坚持，两种因素长期共存才形成了他们"中间人"的性质。农民本身充满了复杂性，他们和英雄人物又有着深厚情谊并在潜移默化中用自身的特点感染着英雄人物，而英雄人物在克服牺牲、看不到胜利等消极因素的过程中得到成长。在刘英武的父亲刘忠的身上，我们就可以看见除了传统的小农意识，还有牺牲与反抗等精神——在"不屈服，抗联家属生命献"的这一章里，刘忠面对敌人的洋刀想到的是刻骨的仇恨，一口咬掉"皮球"的耳朵。在民族与个人仇恨的双重打击下，刘忠选择了反抗与牺牲，这是英雄们的牺牲和大无畏的反抗精神的体现。与英雄人物关系密切的这些农民阶级作为一个象征意义的存在，他们是英雄人物的另一个侧面的表现，在那个塑造英雄人物趋于"高大全"的年代，英雄人物复杂的人性难以得到展现，高方贤笔下是英雄成为人性与神性的沟通的桥梁。那些中间人物，从侧面丰富了英雄的形象，成为东北抗联斗争中重要的支撑。

第三节 艺术的真实还原

《密林火花》借助通俗化的形式来吸引读者的的注意、利用抗联歌曲的还原传递抗联精神。高方贤运用传统的说书人的手法，使用的楔子和尾声等形式，引起广大人民的共鸣。除了形式上用通俗化的手法来宣传东北抗联精神，在内容上，高方贤借助抗联歌谣来再现当时东北抗联艰苦卓绝的境况，将抗联精神以歌曲的形式，跨越时代传递给读者。

一、通俗化的形式还原真实

作家十分注重作品《密林火花》的通俗性，一方面这是当时的文艺路线所要求的，另一方面，高方贤则是考虑到读者的接受程度而采用的形式。1949年9月，文艺报社开展了一场文艺座谈会，在强调新文艺"人民性"的精神要旨的前提与基础上，提出了旧形式对于团结读者群的作用和意义。"要求原来的人在原有形式的基础上以一种新的观点去写作"，"用正确的人生观改变这种小说读者的思想和趣味。"①《密林火花》就是在这种情况下产生的，主流意识形态的规约成为大部分作家创作的准则，高方贤也不例外。除了文艺路线的要求，人民的教育程度和传统的话本和传奇带来的审美习惯也要求高方贤必须使用通俗化的形式进行创作。为了适应当时传统读者群的审美习惯，他就借用通俗小说的艺术形式来进行自己的革命话语的建构，这也是当时主流意识形态的一种体现。高方贤为了还原历史，并更好地宣传东北抗联历史，因而采用广大群众能够接受的艺术形式进行创作。

高方贤用传统小说的叙述方式给我们还原了东北抗战时期的记忆，将抽象与超验的"革命"和"政治"通俗化。通俗化的表现包括运用传统通俗小说的元素，如楔子和尾声的出现，拟章回体的题目等元素。楔子与尾声本是承袭中国叙事传统说书人的技巧，这种说书式的叙述在创作时考虑的更多的是与通俗化相适应的时代要求，有助于宣传革命思想，这是作者"教育后代"目的决定的。而拟章回体的题目，一方面在形式上整齐，并且朗朗上口，另一方面，内容上言简意赅，简要概括了章节内容，便于群众了解文章大意，便于作品的传播。而通俗化的形式追根到底还是为了作品内容服务的，通过这些大众喜闻乐见的方式，高方贤让枯燥的史料化为生动具象可感的文字，以富有时代气息的形式带我们走进那个时代的东北抗联文学。

《密林火花》形式的还原还体现在民间俗语的引用上。而高方贤在使用民间俗语的原因，一方面因为作者描写的人物都是农民，所以口语化、生活化的语言使作品塑造的人物形象更加贴近真实，也更加丰满。另一方面，作者在创作这部小说的时候是处于二十世纪五六十年代，当时人民的文化程度普遍不高，并且由于作者的作品一开始也是发表在报纸上的，作者在语言方面使用了大量口语化、带有地方特色的因素通俗化的写作也更有利于作者这篇文章被广大群众所接受。而在具有地域风情这一方面展示上，高方贤记录

---

① 杨犁．争取小市民层的读者——记旧的连载、章回小说作者座谈会 [N]. 文艺报，1949–9–25.

的地方方言突出了地域特色，"一大脖溜儿""造""灶坑""头前"等极具东北地方特色的方言的使用，让读者从字里行间都能感受到东北抗联文学中的地域特色，表现出东北抗联文学鲜明的地域性特征。"夜猫子进宅，无事不来""阎王爷贴告示，鬼话连篇""土坷垃擦屁股，眯门了""狗咬猪吹泡，一场空欢喜"等歇后语的使用也是《密林火花》对民间俗语的还原，这些地域特色的民间俗语一方面反映了东北的地域特色，如"灶坑""土坷垃"等词一定程度上还原了东北抗联时期人民的生活环境，另一方面，这些民间俗语中"鬼话连篇""狗咬猪泡"等词暗含了抗战农民的反抗立场，从一定程度上还原了当时的农民不屈的精神状态。

二、歌曲展现东北抗联精神

高方贤记录的东北抗联歌曲是当时人们精神风貌的再现，通过歌曲展现沦陷区人民誓死抗争、坚决抵御外寇侵略的决心。《密林火花》记录了《五恨歌》《雪花飘飘一片白》《东北人民解放军》《"反正"四季歌》《人人都齐心》《追悼歌》《东北抗日联军第一路军军歌》等东北抗联歌曲，这些记录了人民反侵略的历史，反映了人民的抗日热情，显示了东北人民不甘被奴役，积极反抗的精神。这些歌曲是当时革命思想的活化石，反映了社会的民俗风貌，也是宣传抗日斗争的载体，蕴藏的是英勇奋进的革命精神和当时军民乐观主义的精神风貌。《密林火花》中的东北抗联歌曲成为有价值的史料，为我们还原抗联历史提供了重要的佐证。抗联歌曲中歌词因为宣传的需要，有着易于口口传诵，重在明事说理、鼓舞斗志等特点，也在一定程度上还原了抗联时期的文学发展状况。更重要的是，通过这些歌曲的传唱，《密林火花》传递的抗联精神，我们可以更加直观地体验到。高方贤以抗联歌曲为媒介，让抗联精神得到艺术地还原，这是十分珍贵的文献记录。

小说中流传的歌谣生动、直接表现了东北人民所遭受的血腥非人统治，对于读者了解当时残酷的斗争提供了重要的参考。在小说的第八章，于有德在煤场哼着《五恨歌》"日本鬼子，闯进东北来。东北人民遭受了祸害。拉脖子，活埋。恨一恨……"反映了阶级工人在日本人侵略满洲之后市民阶级的悲惨的境遇，他们沦为亡国奴之后还被长官、侦探、工贼压迫和出卖，可见抗日形势的复杂严峻。在第二十五章"传捷报，少年儿童逞英豪"中于有德在给小柱子唱过的歌谣"满洲士兵兄弟们，眼看立了春，大家提精神，何不反正杀敌人，你们别再梦中睡沉沉……"，歌谣中称伪军为满洲士兵兄弟们，也反映了当时共产党团结一切可以团结的力量，共同抵御外族入侵的这一抗日民族统一战线政策。另外，团结包容也是这首歌所传递的精神，同时也可以理解成高方贤通过《密林火花》传递给我们的东北抗联文化精神。诸如此类还有二十六章中于有德和李大林参军时所唱的"人人都心齐，参加人民革命军，你也愿去我也愿去……"反映了东北抗联战士对革命前途充满了信心，对日本侵略下的东北人民的同情，也有对当时统治阶级的刻骨仇恨。而包括结尾附录的《东北抗日联军第一路军军歌》的这些歌谣都是《密林火花》创作的一大特色，作者将收集的珍贵史料巧妙地穿插于叙事之中，即使读者对这些歌谣的出现不觉得突兀，又用这些歌谣将历史的现场感加以还原。让读者在追忆历史、感受其中蕴藏的忠贞报国、勇赴国难、休戚与共、团结御侮的爱国主义和国际主义精神，其中的持之以恒以及大无畏的革命精神。

迟子建小说《炖马靴》的叙事艺术解读

迟子建一直以潮流外的写作彰显着自己的创作实绩，她说："作家要善于取材，更要善于掌握'火候'，这个火候，需要作家有全面素养，如看待历史的广度、看待现实的深度、对美的追求等。当然，更重要的是一个作家精神上的孤寂，他们对待艺术独立的姿态，身上有一股不怕被潮流忽略和遗忘的勇气，这样能使每一次的出发都是独特的。"她奉献给文坛的每一个作品都是很独特的，哪怕是涉及重大历史题猜的作品，她都以自己独有的文学观念和审美眼光来展现她作为女性作家所特有的细腻和动人的温情。

第八章

迟子建《炖马靴》的叙事艺术解读

迟子建一直以潮流外的写作彰显着自己的创作实绩，她说："作家要善于取材，更要善于掌握"火候"，这个火候，需要作家有全面素养，比如看待历史的广度、看待现实的深度、对美的追求等。当然，更重要的是一个作家精神上的孤寂，他们对待艺术独立的姿态，身上有一股不怕被潮流忽略和遗忘的勇气，这样能使每一次的出发都是独特的。"她奉献给文坛的每一个作品都是很独特的，哪怕是涉及重大历史题猜的作品，她都以自己独有的文学观念和审美眼光来展现她作为女性作家所特有的细腻和动人的温情。

第一节 边缘·隐性·诗意：《炖马靴》的叙事特征

《炖马靴》是迟子建2019年在《钟山》上发表的短篇小说，获得第十届"茅台杯"《小说选刊》年度大奖短篇小说奖，还作为首篇收录于《2019收获文学排行榜·短篇小说集》中。小说风格延续了迟子建一以贯之的对于人性温情的书写，以东北抗联部队与日军作战为背景，重点讲述了父亲、狼与日本兵的故事。在战争与死亡威胁下，在封闭艰苦的环境中，父亲身上闪耀着人性的光辉。小说不仅内容丰满意蕴深厚，其叙事也具有独特的审美特性。小说讲述语调轻松，背后却折射出人性探讨的深刻主题。作者对于人性的温情书写不止于此，也扩大到了"狼"这一形象的塑造。狼的本性是凶残的食人者，本能体现出兽性，却因父亲的善举被父亲身上高贵的人性所感化，从而具备人性的特征，这种温情消解了人类与苦难尖锐的对抗关系，也是迟子建对人性与温情礼赞性书写。小说中洋溢着人道主义的关怀，这不仅是对生命的尊重，这种人性关怀明确地指向人类对自身生存状态的理想观照，从而具有了超越战争的深刻性。文本采用第一人称叙事视角，"我"虽作为叙事的主体，但呈现出边缘化的特征。这样两种叙事方式使文本的视点相互交织，在过去与现在之间灵活穿梭，拓展了叙事空间。《炖马靴》的叙事呈现明暗交替的特点，"饥饿"作为文本的"隐形进程"，对故事起到了重要的补充作用。同时，文本的叙事呈现出诗性的特征，文学语言建构下的历史事件本身就带有强烈的审美倾向，小说的浪漫色彩与诗性语言使得文本呈现鲜明的诗性特征。

一、第一人称叙事边缘化

迟子建的《炖马靴》采用了第一人称的叙事，但又不是传统意义上的第一人称叙事，即"我"既是故事中的人物，是故事发生的承担者，也是故事的叙述者。而在《炖马靴》中，"我"是叙述者，具备了故事讲述时的叙事功能，而父亲作为核心人物出现，承担故事层的推进。所以，文本具有双层结构，表层是我回忆父亲给我讲的抗联故事，深层是父亲的那段"传奇"经历。这两种叙事声音、两层故事的相互交织使得文本的叙事更加灵活。"我"只是通过自己叙述完成的话把故事整体讲述任务完成。"我"并非核心故事的人物，因此，小说呈现出"第一人称叙事边缘化"的特征。第一人称叙事边缘化"既是作品中的人物，又不是作品中的人物。虽然仍处于故事之中，但已退到了故事中的一个角落，甚至退到了故事之外，只留下一只脚站在故事之中。这样一种位置使他与自己所讲述的故事拉开了一定的距离。这种距离可以使他在一定程度上置身于故事之外，这样，他就取得了第三人称叙事者的某种特点，能够随心所欲地讲述故事与故事中人物的所作所为和所思所想"。[①] "我"

[①]　赵炎秋.论第一人称叙事者的边缘化[J].湖南文理学院学报（社会科学版），2004（1）：63.

在小说中的存在，更多的像是一个冷静的叙述者。在文本表层结构中，"父亲"给"我"讲故事，"我"是游离于故事之外的旁观者，"我"讲的始终是别人的故事。这种形象并不需要具备人物的生动丰满、性格的鲜明独特，更多的是对父亲故事进行一种完美的转述。"我"的行为对故事的核心人物和情节的发展并没有产生多少影响。

因为"我"和"父亲"同时作为叙述者，文中会出现两种叙事声音，作者巧妙地进行叙述安排，采用了"父亲说""他说"这样的写法，将"我"的叙述者位置顺理成章地过渡给"父亲"，从而使叙述更为清晰。《炖马靴》共13000多字，文中的"父亲说"共出现64次，"他说"出现15次，这些词汇的高频次出现使"父亲"这个人物的叙述具备了合理性，"父亲说"这样的叙述手法在文中同时承担着不同的功能。"父亲"的叙事视角极为独特，他站在"我"的叙述背后，承担故事层演进的作用。同时他的声音在文中不断出现。父亲给"我"讲的是他的经历，在这样回顾叙述中必然暗含了两种聚焦视角：一种是主人公正在经历的视角，另一种是主人公讲述的视角，这两种视角互为补充，共同建构了对其所经历历史的认知。对于父亲来说，他既是叙述者，也是故事中的人物，他一方面讲述过去自己的故事，一方面讲述当下感受。"我"的这个形象与读者的接受地位是相同的，"我"与读者同时作为父亲故事的接受者，这种巧妙的设定有效地拉近了读者与作者的距离，文本因而具有了温度易于读者迅速地进入故事的语境，从而完成了话语与故事的分离。小说的开头就典型地呈现了这种分离："故事发生在一九三八年还是一九三九年"，"故事"一词把时间拉回过去，这显然是"我"的一种回忆，是"我"的叙述。"父亲记得并不是很清楚"，小说的第二句中"我"就隐退了，叙述者被"父亲"取而代之，"我"与读者同时成为故事的聆听者。"我"在叙述者与聆听者的身份转化中，巧妙地将读者也代入其中。显而易见，父亲这样一个叙述者的加入，增加了叙述文本的真实性和可靠性，小说的结构也变成了故事中的故事。"我"在回忆父亲给我讲故事，"我"的回忆本身就是一层故事，而父亲的讲述是另外一层故事。父亲的讲述相对来说是封闭的，不受"我"的干扰与控制，"我"只是故事的转述者，是读者与作者沟通的桥梁和纽带。这种设置语境下的讲述，读者很难对故事本身产生怀疑，因为文本通篇没有对话语言的出现，它更像是"我"的一种真实且客观的回忆，父亲的讲述本身也具有权威性。

对于文本来说，"我"是作者的一种自我虚构，具有隐含作者的叙事功能，使读者感受到作者对小说中的父亲这段经历的情感态度与价值判断。"但接下来发生的故事，尽管父亲每次讲述时，语气是平静的，但总能在我心底搅起波澜。我对后半程的故事永不厌倦，就像对一首喜欢的乐曲，不管循环播放多少次，依然爱听。"[1] 这段文字暗含了作者的价值判断，"喜欢的乐曲"本身就带有积极的情感色彩，作者对于后来父亲将日本兵拖去篝火旁取暖、保护他的遗体不被狼吃掉，让他与怀里姑娘的照片一起火葬等一系列闪耀人性的温情行为，是持一种肯定态度的。这样的情感是隐藏在"我"这个叙述者背后的，这种隐藏不仅牢牢把握住了叙事节奏，并且为小说后半部分的叙述预设了温情的底色。

"我"这样一个叙事者的存在，可以灵活地对文本进行补充，视角也更加多元。它不再局限于第一人称的视角，这使小说的叙事空间得到有效地拓展。叙事空间的拓展使"我"这样的第一人称叙事在一定程度上具备了第三人称叙事的特点。对于故事中的人物来讲，讲述者本身就是"他者"。小说以第一人称"我"，讲述了父亲与日本兵和狼三者之间的故事。虽然"我"是叙述者，但无法采用一种第三人称这种全知全能的叙事视角，而是采取了回忆父亲讲述这种形式，并在讲述中进行故事的调整和补充，从而实现文本叙述的自由灵活。"我"联结了过去的父亲，现在的"我"和作为晚辈的儿子，这种时间的延续和空间的变换使小说的叙事更有层次感：一方面，"我"游离于父亲故事之外，与故事保持着绝对的距离；另一方面，"我"存在于故事之中，是父亲故事的讲述者和传承者。这样的处理方式使叙事空间不仅仅局限于父亲过去的经历，也绵延至现在的我，这种人性的光辉更会以讲述的方式传递到下一代并将继续传递下去。

---

[1] 迟子建. 炖马靴：短篇小说30年精选 [M]. 桂林：广西师范大学出版社，2019：15.

二、叙述中的"隐性进程"

《炖马靴》中父亲讲述的故事包含两条线索：第一条是父亲自己的一段东北抗联经历；第二条是瞎眼母狼的故事。父亲的故事为明线，母狼的故事为暗线，明暗两条线索交替进行，共同完成了故事的建构。父亲与瞎眼母狼这两个形象在一定程度上面临的是相同的境遇，他们一直面临着饥饿的威胁，而"饥饿"指向生存本身，同时也是对人性的真切拷问：遇到与生存相冲突的两难困境时，人应当如何选择。"饥饿"不仅是环境，此时也成为文本的"隐性进程"。"'隐性进程'是从头到尾与情节发展并列运行的叙事暗流，两者以各种方式互为补充或者互为颠覆。"① "饥饿"作为一种独特的环境体验，它不同于文中直接出现的自然环境与社会环境的描写，它更多呈现出一种隐匿性，隐藏于情节的叙述之中，并对父亲和瞎眼母狼的行为进行补充和说明。导致父亲与瞎眼母狼的"饥饿"的原因是他者的自私冷漠与暴力，父亲所在的抗联部队是在关东军围剿的情况下陷入被动，瞎眼母狼则因为眼瞎被族群抛弃，独自艰难地生存，不断面临饥饿的折磨。作家对于父亲与瞎眼母狼两个形象身上所表现出的人性给予肯定和赞扬，此刻在文本内部形成反讽，深化为对恶劣环境的谴责，这种环境对渴望生存的人与动物构成威胁，不仅指向自然环境的恶劣，更指向一种非人的生存环境，二者形成了小说的表层结构与深层意蕴的张力。这样的补充使得文本内部始终存在着一种紧张的氛围，它以自然环境的恶劣与战争的残酷作为故事外壳，却暗含了温情的内核，指向人与动物的生存本身。这里的"饥饿"，不再单纯地指生理上对物质的渴望，也是在苦难折磨下对精神摧残造成的创伤。这种叙事空间的建构使文本的表层叙事与深层意蕴有机地融为一体，使文本叙述更为完整。

小说中的"饥饿"与故事情节相呼应，成为联结人与人、人与狼之间的枢纽，在面对"饥饿"威胁时，"吃什么"这一命题不再是简单的食物选择，而成为生死选择下对人性的真切拷问，它建构了文本独特的叙事空间。父亲在身边没有任何食物的情况下，怕破坏日本兵尸体的完整性，最后只拿走了

---

① 申丹. 西方文论关键词 隐性进程 [J]. 外国文学，2019（1）：81.

他的帽子和马靴作为御寒和充饥的物资，满足他的尸体不被狼吃掉的愿望而给他火葬。这种尊重死者的行为是父亲在面对生存威胁时，人性高贵的独特展现。母狼在饥饿的情况下依然选择咬住小狼的尾巴，以防止它伤害到自己的恩人，在风雪漫天的寒冬腊月，母子俩将这个曾经不断给自己投食的人安全送出山外，这是人性的感召，也是兽性转换为"人性"的表征。从这两个层面来看，人性的光芒在一定程度上超越了个体生死与种族的隔阂，从而展现出面对生存残酷时人性温情的可贵。而父亲选择"炖马靴"的行为是迫不得已地缓解父亲与狼的"饥饿"，在生存的两难抉择中，迟子建的温情观照充满了人性的光辉。父亲对瞎眼母狼的不断投食已经传递出人性的善良，"战友们都说，狼是吃人不吐骨头的野兽，喂不熟的，可父亲还是不忍看它挨饿"。[①]后来，狼与人之间建立起的亲密关系通过"炖马靴"、领路及狼舞展现，他们表面是为了生存而互帮互助，实际上是基于相互信赖的回报。在自己队伍缺衣少食的情况下，"在队伍偶尔开荤的时，将吃剩的骨头，扔进附近的山洞"，[②]因为"饥饿"，父亲与母狼才建立关系；因为怜悯与同情，父亲才不断投喂母狼。父亲对母狼的照料不是为了驯化，而是单纯地出于人性的悲悯意识和对生命的尊重，这种"不忍"正是父亲对这个弱势生命的观扶照料。不同于那些群居的健康狼，这是一只"离群索居"的瞎眼母狼，它生存处境之艰难不言而喻，它追随父亲所在队伍的原因是为了生存。父亲在面对这样的狼时，会"想方设法给它口吃的"，为的是给瞎眼母狼在走投无路时留有一线生机。而父亲这样的善举使他与母狼成为相互联结的共同体，为推动故事情节发展提供了可行性。

　　"饥饿"作为"隐形进程"成为背景环境后，环境的内涵就有了多重指向性：这不但指恶劣寒冷的自然环境，而且包含战争这个独特的社会环境。环境建构起了叙事空间，为故事的发生提供了场所。环境"不像风景画或雕塑那样只展示二维或三维空间，而是随着情节的发展、人物的行动形成一个连

---

① 迟子建.炖马靴：短篇小说30年精选 [M].桂林：广西师范大学出版社，2019：2.
② 迟子建.炖马靴：短篇小说30年精选 [M].桂林：广西师范大学出版社，2019：4.

续活动体 ……它可以形成气氛、增加意蕴、塑造人物乃至建构故事等"。[①] 环境作为故事不可或缺的部分，承担着独特的叙事功能，故事中人物的行动都是在这种环境中发生的，环境内在蕴含着更为复杂的机制，它们之间相互交织，形成更加广阔的空间，在读者阅读过程中，悬念的设置不仅制造紧张氛围也增强了神秘感，共同推动小说情节的发展，形成小说的叙述张力。

三、诗性的叙事特征

首先，文学为历史的记录提供了更具美感的叙述形式，呈现诗性特征。历史包含两个维度，"历史实在"与"历史的再现或描述"，前者指向真实且客观的事件，后者则侧重于想象的记录与阐释。小说讲述了一位东北抗联战士的回忆，一段东北抗联的历史，而这段历史是以诗化的语言呈现给读者，历史文本化本身就是作家的艺术处理，渗透其对于历史事件的思考。以回忆这种形式来描写而非直接叙述，使人物思考的主观性与历史事件的客观性提升到了同等重要的位置。在这样的叙事语境下，事件本身作为客观实在被记录叙写，而背后深刻的反思也成为叙述过程中无法忽视的存在。战争将人置于激烈的冲突之中，它对人精神的扭曲和摧残是巨大的。文学的记录方式不仅集中于记录东北抗联不懈斗争的历史事件本身，也将作为人本身存在的战士内心的痛苦与挣扎展露出来。历史已经不局限于客观的阐释，而是通过艺术的方式拥有了人性的温度，突出了人在外在环境的巨大冲击下内心的矛盾与坚守。父亲作为这段历史的亲历者与叙述者，他的讲述话语一方面是"历史实在"，另一方面也反映了人物内心真实的情感。

其次，叙述语言带有浪漫色彩，呈现出诗性特征。文章采取了现实主义与浪漫主义相结合的叙事方式，文本不再仅仅局限于对真实事件的呈现，还包含了自然万物与人类共生交互，动物也拥有与人相同的情感体验的浪漫诗意书写。"如果说诗意是艺术的话，那么小说家当然不能放弃对诗意的追求。在这里我要特别强调，我从来没有，将来也不会在作品中回避苦难；我也从

---

① 胡亚敏 . 叙事学 [M]. 武汉：华中师范大学出版社，2004：159.

来没有，将来也不会在作品中放弃诗意。苦难中的诗意，在我眼里是文学的王冠。"①瞎眼狼叼着小狼的尾巴，那是他的生命线，是它"生命的脐带"，瞎眼母狼给予了小狼生命，而小狼反过来给予了瞎眼母狼生的希望，这不仅是母性的光辉与伟大，同时也是"孝"的体现。这种与人类相通的情感书写，使这本来冰冷无情的动物增添了温情力量，带有浪漫色彩。这种叙述方式也使狼这种形象具有了现代性的意味，它的形象被重塑而趋于人性化，它不再是自然界中野蛮嗜血的凶残生物，在一定程度上成为与人拥有同样情感体验与生命历程的动物。母狼不顾自己与孩子的饥饿，拼命保护曾经有恩于己的人，这行为本身也是超脱兽性的浪漫化书写。父亲最后在瞎眼母狼与小狼的指引下成功脱险，在这种"吃人"与"救人"的转换中，体现出人性与兽性的斗争与冲突，而最终人性战胜了兽性。母狼最后的嚎叫是一种对生命的礼赞，更是一种完成救赎使命的自豪，它因父亲充满人性的善举而得以生存，父亲也因狼知恩图报的"人性"战胜兽性的行为而获救，他们共同完成了对人性的坚守从而相互拯救的温情之举，诠释了跨越物种之间的大爱。读者对"人性"的理解不再仅仅局限于人，也扩大到自然界的万事万物，这种万物有灵的观念也是作者独特理解和叙述营构。

再次，《炖马靴》在叙述过程中选取富有美感的意象与修辞手法，体现出作家叙述语言的诗性特征。作家坦言"一部小说的好坏，很大程度取决于语言的成色。小说语言如果没有个性，缺乏表现力，就成了'说明文'，不管故事多么新奇，小说的魅力将大打折扣"。②迟子建小说语言向来是精雕细刻的，她的小说除了获得茅盾文学奖等大奖外，还获得澳大利亚"悬念句子文学奖"。她在《炖马靴》中将深夜狼群的嚎叫和眼睛比作"夜歌夜火"，"骨头"比作"糖果"，把抗联战士的滑雪板比作"战马"，把磨牙王被战友塞进嘴里的袜子上留下的窟窿眼（磨牙时咬破的）比作"繁星"，把日本兵开的最

---

① 迟子建.迟子建的写作建议：写人性永远是不错的，人性是最复杂的[DB/OL].https：// m.thepaper.cn/baijiahao_10280510，2020-12-08.

② 迟子建.迟子建的写作建议：写人性永远是不错的，人性是最复杂的[DB/OL].https：// m.thepaper.cn/baijiahao_10280510，2020-12-08.

后两枪视为"献给夜的森林的小礼花"等，这样的诗性语言化解了比喻本体的悲凉和冷酷，增添了抚摸人性的温情色彩。实际上，父亲所在的抗联队伍能够撤退，是因为关键时刻绰号"磨牙王"的战友不顾身受重伤，"咬着牙，趁乱爬向弹药库，在冻土上爬出一条墨似的血痕，用自制的手雷引爆了弹药库……日本兵赶紧转向粮库防御。父亲就从弹药库北侧逃了出来"。他最后壮烈牺牲，但二十几人的抗联队伍只撤出了五个人，战斗的残酷可见一斑。迟子建仅用一千字左右完成了战斗书写，这一处理方式显示出作者独有的细腻柔软的诗性思维，化解了苦难与悲壮的生存悲剧色彩，拥有诗意的审美价值。

值得一提的是，面对东北抗联斗争这一重大题材时，迟子建的《炖马靴》没有选择传统的宏大叙事，而是从普通小人物的生活经历中挖掘战争中的亮色，书写人性的高贵。小人物形象刻画的背后隐藏着作家主体对于宏大叙事的独特理解，这种叙事语言体现了作家的诗意安排。小说的可贵之处在于对人性的呈现，在内容选择上，小说通过奇袭日本守备队、父亲和追杀的敌手生死搏斗、父亲和瞎眼狼母子的故事讲述，还原了作为抗联战士的父亲那个惊心动魄的夜晚和随后的与狼共舞的三天。

母子狼最终带着他，靠近了一个村庄。父亲说闻到炊烟的气息后，瞎眼狼觉得告别的时刻到了，它松开嘴，用两只前爪激动地刨着地，洗尘似的，快乐地躺倒，在雪地打了几个滚，然后起身抖了抖毛，沾在它身上的雪粉飞溅出来，飞进父亲的眼睛，与他的泪水相逢。瞎眼狼看不见父亲的泪，它无比骄傲地仰天嗷嗷叫了几声，仿佛宣告它的使命完成了。①

作家没有对激烈的战争场景进行过多的细节刻画，而是选择对具有日常性与世俗感的个人生活进行书写，这样的处理方式在一定程度上回避了战争血腥残酷的一面，突出体现了人的主体性与人性的高贵，再现了以人为本的温情世界，这是作者独特的叙述把握。与追求宏大历史叙事下的史诗性不同，迟子建的叙事带有人性真实的温度，小说中洋溢着人道主义关怀，这种关怀超越了国界，这部刻画"灵性动物"的抗联小说甚至超越了人与动物不同物

① 迟子建.炖马靴：短篇小说30年精选[M].桂林：广西师范大学出版社，2019：27.

种间的隔阂甚至是敌对。这不仅是对生命的尊重，也是在战争这种特殊背景下，对人性美好的再现。小说最独特动人之处在于，在极端危险、生死存亡之际，作为抗联战士没有迷失自己的高贵，作为动物的狼没有狂躁凶残，世界仿佛宁静安详。这种关怀的深刻性指向人类自身的生存状态，从而具有了超越性，它超越了战争环境下的人，而是对人本质存在进行思考，而这种温情也在一定程度上缓解了人类的苦难，呈现出独特的认识价值和审美价值。父亲去世后，每年的腊月二十三，我也给儿子讲炖马靴的故事。把父亲的遗物赠给东北抗联纪念馆陈列。小说结尾处"最后我要补充的是，父亲每回讲完炖马靴的故事，总要仰天慨叹一句：人呐，得想着给自己的后路，留点骨头！"[①] 这是作品的点睛之笔：人用善良的本性战胜一切考验，用人性的温暖化解所有苦难，留给世界希望的光亮。迟子建用她那沧桑而又温暖的心去走进人物内心，还原历史的真实，这种叙事使个人经历与历史真实融为一体，无论在思想深度还是叙事方式上都具有独特的价值。

第二节 空白：《炖马靴》审美意蕴建构

迟子建的短篇小说《炖马靴》蕴含着深远的思想和独特的审美价值，文本营构的多元审美意蕴很显然离不开多重"空白"的设置。德国文学理论家伊瑟尔提出了文本结构上的"空白"概念，认为文学本文在各个层次和不同方面留有许多"空白"。所谓"空白"即文学本文中未实写出来的或未明确写出来的部分，它们是本文已实写出部分向读者所暗示或提示的东西。[②] 具体体现在小说情节的中断形成了文本的空白，人物性格的刻画中，包括人物对话、心理描写等各个方面的"缺失"。这些空白和意义的不确定性，以及各语义单位之间存在连接的"空缺"会使文本生成一种内驱力，激发读者再创作的欲望，召唤读者与作品对话。读者在视点转换的过程中，不断冲破原有的

---

① 迟子建. 炖马靴：短篇小说30年精选 [M]. 桂林：广西师范大学出版社，2019：29.

② 朱立元. 接受美学导论 [M]. 合肥：安徽教育出版社，2004：70

期待视野，进行视野的重构，从而扩大了文本的审美意蕴，丰富了接受者的阅读体验以及对作品的认知。

一、空白生成召唤结构

波兰美学家英伽登认为："在文学作品的诸层次结构中，再现客体层和图式化层等方面的本身就是模糊的、难以说清的。"他所强调客体没有对文本特别确定的方面或成分称之为"不定点"，并认为阅读的过程就是读者凭借自己经验去填补这些"不定点"的过程。[①] 也就是说文学文本是一个不确定性的召唤结构，里面包含着某些否定和空白，只有读者阅读才能填充这些空白。文学文本包含的空白空缺等因素保证了文本的审美价值，在阅读过程中的填补行为，需要读者发挥，再创造的才能再生产作品的内容和意义，召唤结构，唤醒读者主体去参与审美活动。英伽登将文学作品的结构分为六个层次，每个层次中都或多或少地存在着"空白"。文本中的"空白"不可能超越作品本身所提供的再创造的可能性和限度，而是往往存在于从文本语言层到心理层的各个层次结构上，其召唤性也最终体现于这些层次结合成的整体结构中。《炖马靴》中的"空白"主要存在于表现客体层和语义单位层，使读者在可能的范围内发挥填补"空白"的再创作功能。

首先，表现客体层由作家所表现、描绘的客体构成，在这一层次中，作家虚构的人物、事件、背景等共同组成作品的"世界"。作家迟子建在小说《炖马靴》的这一文本层中，讲述了在战争背景下，父亲、敌手和狼之间的故事，塑造了父亲、日本兵和瞎眼母狼等形象。

小说作为一种叙事艺术，有限的字句不可能再现或表现实在客体的一切方面，因此在情节的设置、人物形象的塑造等方面必然存在空白，这些空白需要读者充分利用自身想象的空间，根据对全篇的整体把握来进行填补，完成对文本的解读。

---

① [波] 罗曼·英伽登. 对文学的艺术作品的认识 [M]. 陈燕谷，晓未译. 北京：中国文联出版社，1988：12.

　　小说的限制性叙述视角往往无法对文本进行全知全能性的讲述，因而会使文本产生大量空白。迟子建在小说《炖马靴》中设置了外叙述者"我"和内叙述者父亲的双重叙述视角，这使得"我"在转述父亲的叙事时，由于叙述者"我"的视角受到限制，使故事未能全面展现，因此产生了大量"空白"，在文本中主要体现为父亲心理动态的缺失，从而给读者留下填充的空间。小说未着墨于父亲的外貌、性格特征等方面，读者在对父亲的人物形象进行建构时，只能通过父亲的行为和简短的对话来把握。而《炖马靴》在涉及父亲的心理状态时，叙事视角往往从父亲的内叙述视角中抽离，转移到外叙述视角"我"的视野范围当中。不论是"我"对父亲用手帕蒙上敌手双眼的行为提问"你是怕他看见你吃他的马靴吧？"，[①] 还是对父亲临走时再次点燃篝火的行为提问"你都要开拔了，还点篝火做什么？是不是火葬了敌手？"，[②] 父亲均未做出明确回答，而"我"的限制性视角又无法直接窥测父亲的内心，因此，父亲一系列行为背后的主观意图形成了一种"空白"。父亲作为故事中的重要行动元，其行为背后的主观推动力对于人物和文本内涵的解读至关重要，因而对小说中父亲及其心理世界"未定点"的确认，有待于读者接受文本的召唤，基于已确定部分的内容，去推断和阐释未展示的内容，即根据父亲不论在多么饥饿的境遇下依旧给瞎眼母狼预留食物，满足敌手临终前乞求温暖的愿望，对敌手尸首进行火葬等一系列人道主义行为的展现，触发语言描述中的"唤象托意"功能，由读者第二信号系统的理性认知引导第一信号系统的主观感觉层次活动，调动读者原有的感性经验积累，通过父亲贯穿始终的善举，综合填充形成父亲形象的意义整体，达到使父亲心理"具体化"的效果，填补了父亲这一形象的空白，并觉察父亲行为背后的善念和对人性的坚守，进而把握小说秉承"留骨头"这一人性向善的价值观念。

　　"文本中一维的叙述时间是不可能与多维的故事时间完全平行的"，[③] 文本在叙事时间的安排上，由于故事时间和话语时间之间会产生孰先孰后的错位，

---

① 迟子建 . 炖马靴：短篇小说30年精选 [M]. 桂林：广西师范大学出版社，2019：22.

② 迟子建 . 炖马靴：短篇小说30年精选 [M]. 桂林：广西师范大学出版社，2019：25.

③ 胡亚敏 . 叙事学 [M]. 武汉：华中师范大学出版社，2004：64.

进而会产生情节上暂时性的"空白"。《炖马靴》的故事源自父亲的回忆和"我"对父亲讲述的追叙，因而在叙述时间上属于逆时序中的"闪回"。在整体闪回的故事顺序中，由于父亲讲述时的先后安排中又存在着填充闪回。"填充闪回指在事件之后追叙事件发生的过程，填补故事的空白，是对叙述中省略、遗漏的事件的补充，具有交代、解释等功能。"①《炖马靴》在处理瞎眼母狼消失两三年之内的生存情况时，采用了省略的手法，致使瞎眼母狼的生存情况构成了叙事的盲区，产生了"空白"，而对于瞎眼母狼命运走向的最终揭示则发生在父亲落难之后的情节叙事当中。瞎眼母狼带着幼狼的重现是对于先前"头道岭的瞎眼母狼，就在他们视野消失了。两三年不见它，大家还念叨，它生了几仔？养活得了小狼吗？"②疑问的解答。而瞎眼母狼在极端恶劣的生存条件下坚持怀孕生产的缘由也在父亲的见证下得以揭晓——它是为未来生活寻找一双眼睛。随着读者的视点游移，瞎眼母狼情节的"空白"在插叙中得到印证和解释。

其次，在语义单位层中，《炖马靴》中也存在着意象的空白，小说中反复出现的"骨头"是将其比喻义延伸扩大后而形成的独特意象。父亲多次为瞎眼母狼在山洞中扔下剩骨，是对生命的尊重和关怀，也是对同处于战争环境下，同样受到战争伤害的生灵的同情。作者并未对"骨头"的深层含义做出明确的解读，而是通过"内视"，将人性中善念这一感性经验的意象语符化为"骨头"，提供给读者指向具体情感意义的语符框架及可能性，并在故事的结尾处，借由叙述者"我"对父亲"人呐，得想着给自己的后路，留点骨头！"这一忠告的重申，示意读者"骨头"背后的深层内涵，召唤读者对"骨头"进行意义重建。正是父亲当初因怜悯瞎眼母狼而在队伍极端困难的情况下给它留下骨头等食物，最终在父亲落难面临死亡时，狼母子也挽救了父亲自己，三天多的日子他们在严寒和饥饿中是靠着煮熟的马靴皮和深埋在雪下的红豆浆果，以及山洞中剩余的骨头渡过难关。"骨头"在这里作为具体的"客观联系物"不再仅限于其常态意义下的"食物"概念，"骨头"的能指与所指

---

① 胡亚敏. 叙事学 [M]. 武汉：华中师范大学出版社，2004：67.

② 迟子建. 炖马靴：短篇小说30年精选 [M]. 桂林：广西师范大学出版社，2019：4.

在小说中发生语义偏转，在文本中用以象征"善念"。正如迟子建本人对于文本设置的解读："哪怕陷入绝境——无论是饥饿的狼还是人，都不能碰敌手的尸首，这是写作之处就明确了的，所以我只让人和狼，在陷入饥饿的绝境时，分享了战利品'马靴'，而他们依赖马靴和当年自己丢下的骨头的'馈赠'，走出迷途。人生巨大的后路，很多时候是埋藏在善念之中的。"[①]因此，读者对"人性向善"这一审美价值意蕴的把握填补了文本中"骨头"意象的空白。

二、空白重建视界结构

读者通过二级阅读填充空白，克服时空的阻隔造成的审美距离，融入新的审美经验，并使之成为期待视界的有机组成部分，创新期待从心理深层上升到意识表层，与原有的期待视野共同构成新的定向期待，这一过程中，读者对文本意蕴的解读由审美感觉范围内的直接理解提升为理性层面上的反思性阐释。

根据文本与解释者之间的对话方式，《炖马靴》属于疑问型文本，叙述者往往不采用肯定的语气，将自己知道的事情和盘托出。疑问型文本往往采用的是两个或更多的视角，而且各个视角之间不会和谐统一，而是彼此保持各自独立的认知。《炖马靴》中外叙述者"我"常对父亲的讲述发出询问或保持质疑，但几乎就没有一个确定的回答，从而引发读者思考、猜测完成文本中的答案。在《炖马靴》中，外叙述者"我"与同时作为故事主要人物的内叙述者父亲的意识是相互分离的，"我"和父亲所构成的内外聚焦两种视角下的两重声音彼此独立、相互平等，并不服从于某一权威话语，因而父亲这一人物的设置和心理都具有不确定性，对父亲与日本兵之间的情节叙述不走向闭合，关于"我"对父亲的多次提问也没有明确的答案，父亲的心理动态在此形成"空白"。父亲矢口否认自己对日本兵存有怜悯和人道主义的临终关怀，这与"我"对父亲行为背后的心理猜测形成矛盾冲突，使读者在文本的"含混"中无法明确地与任一声音达成一致，从而发现文本中有待于解答的问题，

---

① 迟子建，张学昕. 是星辰，还是萤火 ?[J]. 当代文坛，2019（3）：87.

陷入期待视野受挫和重建的思索中。随着情节的推进，读者会根据作者提供的线索进行判断，不断地对文本内涵进行破译，期待视野与作品视界逐渐融合，替父亲做出肯定的回答，领会文本的叙事策略包含着消解黑暗、书写温情、彰显人道主义的思想内涵。读者在参与文本再创作的活动中，肯定了人的生命价值和人道主义力量，并下意识地反思战争，体味作者对历史和战争的深沉思考和情感态度，从而由文本的浅层感知深入理性思考，在与文本的相互问答过程中把握小说的深层内涵，促进文本二级阅读的实现。

21世纪以来，抗战题材的小说数量众多，重点表现侵略者的残暴、民族的苦难以及誓死顽强的抵抗等，因这一题材表现内容的沉重，作品风格多体现出庄严凝滞的特点，对这类抗战题材作品的认知构成读者的"审美期待视野"。而在迟子建的《炖马靴》中，战争仅仅作为故事发生的背景，在文本叙述中隐退到主要情节之后，文本的主要表现对象集中在父亲、狼和敌手的人性展现上，这种温情书写的方式与其他战争题材小说中的风格不同，造成读者期待视野受挫，需要调整视界结构来把握《炖马靴》的审美意蕴。文本设置的形象和情节，打破了此前读者关于狼和敌军的旧视界，"人与狼、我与敌手互不相容的对立关系模式"在《炖马靴》中发生翻转，这便产生了期待视野的"否定"，同时会产生思想上的空白，需要调整原有的定向期待视野，建立抗战小说中"温情书写，人性发现"的新视界结构。

小说也突破了中国传统文学中对于"狼"这一形象的普遍寓意，淡化兽性，凸显了其身上散发的人性，在此基础上，动摇了读者原期待视野中人与野兽相互构成威胁的敌对关系。通过瞎眼母狼身体残缺的设置，将瞎眼母狼置于弱势地位，并构建了瞎眼母狼与父亲相互依存的共生关系。瞎眼母狼在辨识出父亲的身份后，及时制止了幼狼对父亲采取攻击性的行为，并对狼子施以安抚。不论是小说中瞎眼母狼对幼狼的温情显露，幼狼对瞎眼母狼的俯首帖耳、不离不弃，还是瞎眼母狼与父亲互相关照信赖的和谐关系，都体现出狼身上潜在的温情和人性。瞎眼母狼形象满足了读者的创新期待，即主动地调节、变更原有对于"狼"传统印象的图式来顺应《炖马靴》中"狼"这一客体的实际形象，开拓了审美期待视野中关于狼的认知视野范围。

同时，小说中关于日本兵形象塑造的侧重点以及父亲对日本兵态度的书写，也在读者的视点游移过程中，建立起一个独特的"视觉场"。《炖马靴》没有重点展现其他抗战题材小说中侵略者穷凶极恶、罪恶滔天，而是在日本侵略者带来民族灾难的历史大背景下，以落单的日本兵作为个例，超越国家民族和个体仇恨的视界局限，从人类的宏观视野出发，发现战争对普通人的人性扭曲和战争并不能抹杀人性的高贵。

在小说的人物立场设置中，作者突破了其他抗日题材作品中日本侵略者将我军逼近死亡而后残忍杀害的情节安排，将追杀父亲的敌手设置在相对弱势的处境下，展现作为"优胜者"的父亲对待生死边缘上的敌手的态度。父亲没有以其人之道还治其人之身，而是采取了尊重生命、坚守人性高贵的态度。敌手临终前对生的渴望，对心爱之人的珍重和不舍，展现了其尚未完全泯灭的人性，他也是日本军国主义战争的受害者。

另外，作家迟子建在《炖马靴》中运用了以比喻和象征为主的多种修辞手法，从父亲的视角出发，用润眼霜、糕点，糖果等喻体来指代风雪、马靴、子弹等本体，割裂了能指与所指间的直接指示、对应关系，将战争中象征残酷现实的实体赋予了美好意象，使得喻体语义中的感情色彩和本体的客观实际之间产生了反差，打破读者以往在战争题材小说中"沉重、压抑"等环境氛围的定向期待视野，使读者的阅读受到阻拒，召唤读者重新省察父亲及隐藏在父亲背后的作家迟子建自身对待战争的情感态度，即以人性中的温情消解战争的残酷，揭示作品淡化战争带来的仇恨，彰显人性向善的独特用意。《炖马靴》的本文策略就在于把人与狼、敌与我矛盾关系中的人性因素推到突出的前景，而使苦难、暴力等其他因素退居到背景，形成强烈的对比，使读者调整原有的期待视野，缩短原视界与《炖马靴》之间的审美距离，达到揭示作品主题意蕴的效果。

三、空白实现审美价值

文学作品的价值是多元的，是以审美价值为中心的多元互动的价值系统。在小说《炖马靴》的创作中，迟子建坚持纯正的文学立场，书写自己真实的生命体验，并始终坚持对善与美的追求和艺术构建。正如学者张学昕的评价"你把历史、战争、自然、生命和人性都埋藏在这个短篇里了！"[①]真善美作为人们面对世界和人生的普遍价值追求，也是读者文学阅读中期待视野的基础构成部分，其所产生的意象意境能够借助于情感的传递转化为被读者把握的内在感觉，同时引发读者在这种感性关照中获得精神性的享受和心灵的愉悦，进而使文本的审美价值得以实现。在《炖马靴》的故事叙述中，作家虽然没有明确、直接地表达自己的看法和评价，但它蕴含着作家对战争、人性、历史的反思态度，其以真、善、美为核心的多元审美价值追求在读者对"空白"的解读过程中得到印证并被接受，净化了读者的心灵并获得审美的愉悦。

可以说，小说中故事发生的具体时间以及四道岭的确切位置都在父亲含糊的陈述中产生了"空白"，而"我"始终在对父亲所述经历的真实性进行求证性的探寻，尽管在地图和相关史料的查询上无果，小说中的"我"最终也没有为读者提供有关故事真实与否的明确定论，但父亲在抗联博物馆中的那件留有弹孔的棉绒秋衣似乎印证了故事的真实存在。事实上，《炖马靴》中"炖马靴"和瞎眼母狼相关情节的设置都具有现实依据，迟子建曾提到自己在收集《伪满洲国》的创作资料时，读到过抗联战士在陷入生存困境、面对食物短缺的情况下，会煮皮带、皮靴等相关历史记录。而"瞎眼母狼"的原型则来自画家于志学先生分享给迟子建的真实经历。《炖马靴》作为一部反映东北抗联时期的小说，其"空白"背后的情节和形象均能够找到现实考据，一定程度上反映了东北抗联时期人们艰苦生存的真实样貌，因而具有非虚构性，这也提供给读者关于还原历史真实的认识意义和价值。读者在阅读作品的过程中，领会以"真"为创作基础的审美价值。

《炖马靴》之所以具有极高的审美价值，还得益于它能够以善与美为情感导向，彰显人道主义精神，淡化了对战争残酷性和种族间仇恨的书写，在冷酷的战争中，发现人性中的良善与温情。迟子建曾谈及自己对于人性的看法："我对人性确实抱有较高的期望值，所以我喜欢挖掘人'作恶'的根源，探究

---

①　迟子建，张学昕.是星辰，还是萤火？[J].当代文坛，2019（3）：87.

他们作恶背后的自我救赎。谴责恶人，那是新闻做的事情；给恶人以出路，是艺术要做的事。"① 迟子建在《炖马靴》中隐晦地控诉与声讨了日本侵略者的残暴行为，同时也发现作为侵略者的敌手身上的悲剧性。作家将自己对战争的思考隐含在父亲、狼和敌手的关系设置当中，通过战争中丧失人性的侵略者与流露人性的狼之间的对比，引发人类自我反省，重新审视坚守人性善良的人生理念，这也体现了迟子建对于人性中善与美的坚守和期待。这种坚持人性再发现的理念在读者对父亲、狼和日本兵形象空白和心理空白的再解读过程中逐渐得以呈现。读者在《炖马靴》的人物空白中见证了父亲坚守人性高贵的价值选择，这种向善的选择符合了读者对于善与美的价值追求，满足了读者的期待视野，同时，父亲的善行唤起读者的情感共鸣，使读者认同作品深层内蕴中"人性向善"的情感指向。人性美的审美意蕴通过父亲心理空白之下的深沉情感传递给读者，并转化为读者的内视，使其获得精神的满足和审美的愉悦，实现了小说《炖马靴》善与美的审美价值。

《炖马靴》通过文本中大量"空白"的设置，召唤读者对文本中的未定点进行探索，自发地调动原有期待视野中的经验积累，通过对文本中提供的语言、意象的暗示及与情节的相关信息来对文本中的审美内蕴进行阐释。在充满人性的关照眼光中，小说书写了父亲、狼和日本兵三者之间的故事，父亲对瞎眼母狼和日本兵均表现出尊重生命的态度。生命在战火中的消逝，人与动物在艰难环境中相互依存的关系，都透露着迟子建万物平等的生命价值观念以及坚持真善美的审美理念。作品在简单的人物关系和情节安排中设置了大量的空白，召唤读者对空白背后隐含的内容进行解读。读者根据文本中的已知内容不断填补、解析作者未能直接表露的"空白"，不论是对狼身上的人性再发现，还是对父亲向善形象的领悟，"空白"背后的真相往往会产生强烈的情感冲击力，触发读者领悟迟子建对生命意义和人性的思考，满足读者追求真善美的基本精神需求，在与文本的情感共鸣中深刻领悟小说的内涵，从而实现《炖马靴》的审美内蕴。

---

① 迟子建，刘传霞. 我眼里就是这样的炉火——迟子建访谈 [J]. 名作欣赏，2015（28）：92.

后 记

2016年8月15日，中国抗联研究中心在牡丹江师范学院挂牌成立，这是隶属于中共中央党史研究室的国家级研究中心，主要工作是对东北抗联进行研究。而对东北抗联文学这一方向的研究任务就落实到我所在的中国现当代文学学科。

出于好奇也好，责任也罢，正在专注于知青文学与文化研究的我拓开了这一个研究方向。东北抗联文学与抗日文学的研究不同，后者已经成为一个学者关注的话题。对于东北抗联，人们大都关注的是对那段历史的研究，近些年还有专门做抗联史研究的课题获批国家社科基金重大项目。而东北抗联文学研究要从文献收集和整理开始，我带着2016级中国现当代文学专业的6名研究生（李琴、章司男、刘冰杰、师慧博、李歌、刘宁宁）花了大量精力进行了较为艰难漫长的资料收集与整理工作；后来又继续带着2019级的3名研究生（白新语、张晓钰、李璇）以东北抗联文学研究方向作为硕士学位论文选题开展撰写工作，2020级的2名研究生（仲瑜、孙泽萍）参与到书稿解读迟子建的《炖马靴》的撰写中。本人在此期间也发表了5篇相关研究的论文。在不断的梳理与追问中，对于东北抗联文学话题的思考也不断深化。

《东北抗联文学研究》这部书稿是我承担的黑龙江省博士后资助项目《东北抗联文学资料整理与研究》的成果，也算是我经历了5年艰苦跋涉所实现的阶段性目标。最早萌发写这本书的愿望是想为东北抗联文学研究贡献微薄之力，由于还有许多没有完成的课题，我不会就此止步。

书稿完成时，遥远的黑龙江已有地方飘雪了。现在想来，一个人关注和研究的话题潜意识中往往与其生命相连。儿时的经历又飞回到记忆的云天：在一个大雪纷飞的日子，中午爸爸下班回家告诉我，有研究人员实地考察过我熟悉的那方山水，他冬天带我们去体验放冰滑梯的那座山就是著名的"蛤蟆河子之战"抗日战场……放眼望去，心情不觉凝重起来，我所生活过的这片白山黑水间曾经是多少悲壮而惨烈的抗日斗争现场。仰望着莽莽苍苍的青山，在14年的抗日战争历史中，在冰天雪地的密林深处，为了民族的救亡图存，曾经活跃着多少誓死不做亡国奴的东北抗联人，那些气壮山河的故事在不断上演；茫茫林海中有多少不知名的英烈永远沉睡在那里。这里的山山水水会永远铭记曾经发生的每一幕，我急于知道目之所及的每一个角落，又有什么样惊天动地的故事？后来，我在历史资料中读到了宁安保卫战、偷袭东京城、镜泊湖连环战、八女投江等。我知道那些来自童年的疑问，多年以后，慢慢揭秘……我明白了东北抗联文学研究是我身处其中而又必须肩负的学术使命。

　　经过多年的地域文学与文化研究后，我自然知道这个课题会有怎样的难度，但是放下研究对我来说又是绝不可能的。早在2015年9月，我的出生地就被确认为"东北抗日联军第五军诞生地"，我的思绪便定格到东北抗联历史与文学上。冥冥之中就有一种难以割舍的情愫牵挂着，于是就将"东北抗联文学"作为自己研究的一个部分。五年来，我时常穿行于历史的时空中，有幸能够结识到一些为东北抗联文学创作做出过贡献的作家，正如研读史料一样，我是怀着崇敬的心情去阅读他们的作品，并与他们交流的。

　　在研究过程中，我根据各编内容的需要，分别采用了综论、个案点击、经典解读三种方式，试图初步从多角度真实地展示东北抗联文学的状貌特征。是否能达到目的，仍有待于专家及其他研究爱好者批评指正。

　　尚有梦想未曾实现，还有远方未曾抵达，我深知自己离理想的预期还很遥远，我只是一个追梦人和攀登者。从某种意义上说，书稿的交付是一次告别式，也是一次再出发；告别的是一种方式，也是一种心境，尽管自知局限，我还是带着理想重新上路。

2021年10月10日